Y 6092
A.

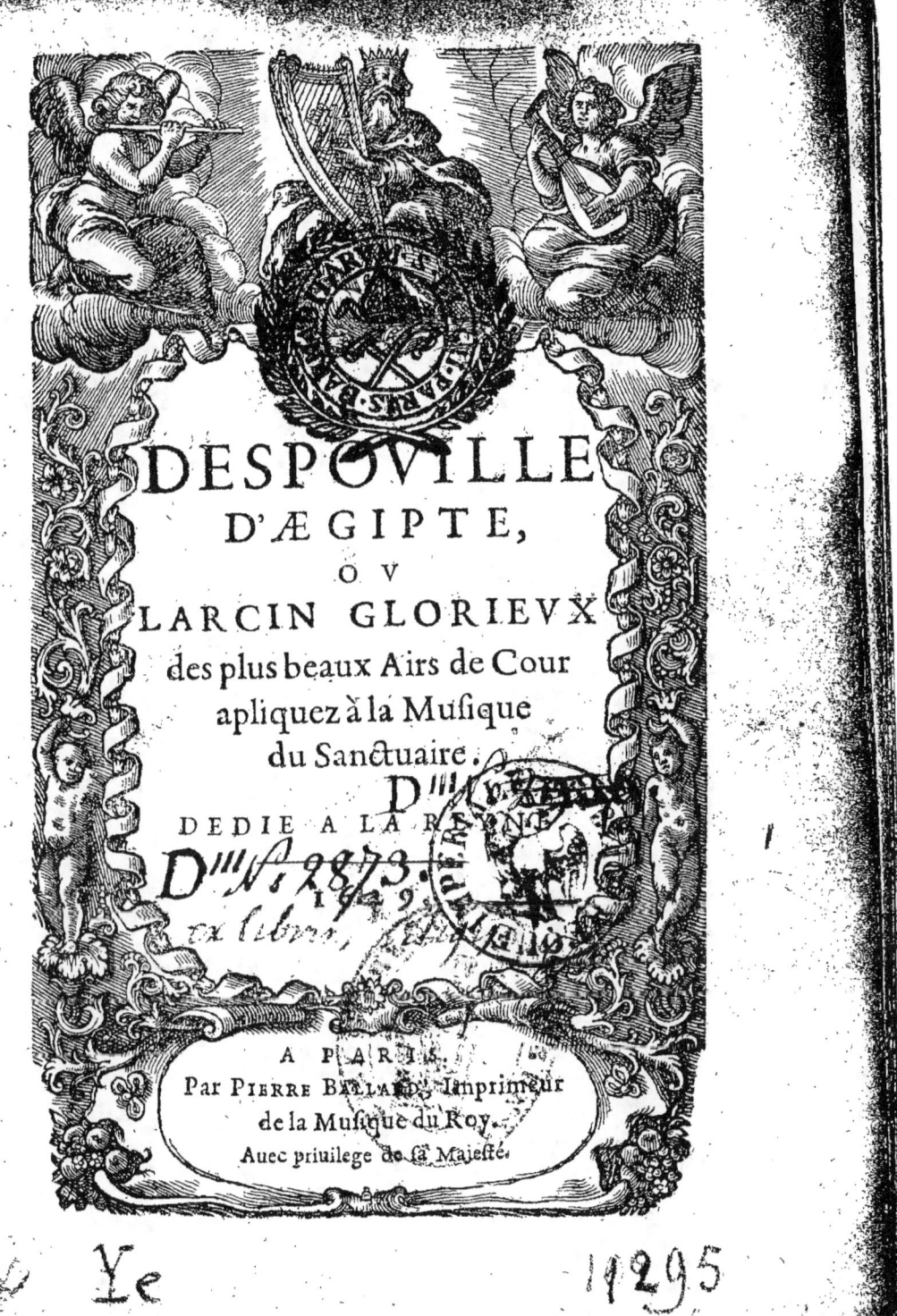

DESPOVILLE

D'ÆGIPTE,

OV

LARCIN GLORIEVX

des plus beaux Airs de Cour

apliquez à la Musique

du Sanctuaire.

DEDIE A LA REINE

A PARIS,

Par PIERRE BALLARD, Imprimeur

de la Musique du Roy.

Auec priuilege de sa Majesté.

A LA REYNE.

MADAME,

Puis que la justice Eternelle à rendu des le commencement toutes les creatures tributaires des couronnes, & des vertus : que le Ciel n'auoit point d'estoilles que pour en faire des guirlandes sur la teste du Roy de tout le monde, ny la Terre de fleurs que pour orner le diadesme de son innocence. Ie croyrois faire vn peché contre nature de ne pas offrir aux autelz de vostre royale pieté cette riche moisson d'vn printemps plus heureux que celuy qui nous germe des Oeilletz & des Roses, afin qu'à mesme temps que les Cieux, & les mains du plus grand Monarque de l'Vniuers arrosent & cultiuent si glorieusement les lys de vos Couronnes, que les plus beaux parterres de la France essayent à donner quelque diuertissement aux yeux de vostre Majesté, dans

le raport ordinaire de ce qu'ils ont de plus agreable, vous cognoissiez aussi que l'esprit de vos sujéts ne sçauroit esclorre vne seule pensée qui ne soit
redeuable à vos contentements. Ie pensois induire
l'Autheur à vous les presenter luy mesme, sçachant
bien qu'il ny à point de fleurs que vous estimiez
dauantage que celles qui croissent dans les campagnes de Betheleem, où sur la montaigne du Cal-
uaire : mais son humilité ayant eu de plus fortes
raisons que les miennes pour luy persuader qu'elles
n'estoyent bonnes qu'en la main des Bergers, &
des Religieuses. I'ay pensé qu'il valoit mieux con-
tredire à ses intentions, que de ne les pas offrir à
vostre Majesté : laquelle possedant en eminence
les meilleures qualitez de ces conditions, m'oblige
aussi bien que tout le reste des hommes à conter
entre les premieres faueurs que nous tenons du
Ciel, l'honneur d'estre, & de me pouuoir dire,

DE VOSTRE MAIESTÉ,

Le tres-humble, tres-obeissant,
& tres-fidelle seruiteur.
P. BALLARD.

AV LECTEVR.

NE vous estonnez point, mon Lecteur, si montrant mes œuures au jour je cache mon nom à tout le monde, & si je veux estre incognu dans vn sujét où les plus simples esprits se veulent faire voir: C'est si peu de chose que de sçauoir faire des ryme, & composer des vers, que la plus part des Poëtes ayant cette perfection des la naißance, elle doit (ce me semble) paßer au rang des choses naturelles qu'on ne deuroit n'y louer n'y blasmer. Il est vray que la bonne poësie merite quelque sorte de louange, außi bien que la beauté, puis que l'vne & l'autre sont des faueurs du Ciel qu'il ne communique pas à tous esgallement: mais comme il arriue bien souuent que les plus belles creatures ne sont pas les meilleures, & que la malice des ames nous fait trouuer du crime dans les beautez du corps, außi void on pour l'ordinaire qu'il ny à point de plus mauuaises poësies que celles qu'on estime les mieux faites, & que les piesces qu'on veut faire paßer pour excellentes, sont außi criminelles en la matiere qu'elles sont delicates en la façon: La bonté de toutes les choses ne se deuant considerer qu'au fond de la substance, on offenceroit la verité d'appeller bon ce qui n'a que les accidents, & ne crois pas qu'on puiße dire sans blasphemes (& sans tomber dans l'erreur que S. Augustin condamne en ses confeßions) qu'il n'y à rien dans l'Euangile qui soit esgal à ce qu'on trouue dans les oraisons de Ciceron, & de Demosthene: où bien il faut dire à mesme temps que les hommes parlêt mieux que le Sainct Esprit, & que l'eslegance, & les bonnes paroles ne sont pas si familieres en la bouche de Dieu qu'en celle des mortelz. I'oseray dire (sans en vouloir tirer des consequences en ma faueur) que comme vn diamant n'est pas estimé bon pour estre bien taillé : mais pour conseruer beaucoup de flammes au milieu de son eau, qu'il ne faut pas aussi donner la gloire, & les lauriers de la bonne poësie à celle qui n'a de la bonté que dans la mignardise des paroles, & la consonance des rymes : mais qu'elle est veritablement digne de ses honneurs lors qu'elle emprunte ses beautez, & ses graces de la perfection de son sujet. I'auoüe ingenument que ce siecle nous à donné des Poëtes à qui l'on ne peut rien desirer que de beaux, & genereux desseins, & qu'ils feroyent des ouurages dignes des courones du Ciel, & des marbres de la memoire, s'ils trauailloyent autant pour Dieu qu'ils consomment de temps pour des beautez dont l'inconstance & la vanité destinent leurs œuures à quelque chose de plus rigoureux que la mort & l'oubly. Et pleut à Dieu que ces petits essays, ou je passe les heures de mon loysir, leurs donnassent de l'emulation pour faire voir à tous les yeux de la France que rien ne leur est impossible, & que si les erreurs de la jeunesse leur ont fait mettre des enfants au monde qui ne seruiront jamais que d'objét à leur repétir, ils sont capables d'en produire d'autres dignes des admirations des Anges, & des recompenses de l'immortalité. Mais quoy ? la malice du siecle donne aussi peu de place à mes vœux que d'esperance à mes justes desirs : nous sommes en vne saison ou les Poëtes, & les Musiciens ne donnent que les heures perdues à la deuotion, on n'estime

plus les penſées ſi elles ne ſentent vn peu du blaſpheme &
de l'impieté, & les ſainctes fureurs de la poëſie deuien-
nent plus froide que la glace quand on ne ſe propoſe plus
de ſujéts ſur la Terre qui les puiſſe animer. Cela m'a
fait reſoudre, mon cher Lecteur, à vous mettre ces Can-
tiques entre les mains, pour delaſſer vn peu voſtre eſprit,
& luy fournir quelque eſpece de recreation dans les exer-
cices de la pieté. Le larcin que j'ay fait des plus beaux
Airs de Cour, & des paſſions prophannes que j'imite autant qu'il m'eſt poſſible en des affections plus ſainctes,
m'a fait donnner à ce petit liuret le nom de LA DES-
POVILLE D'ÆGIPTE. Vous me pardonnerez
volontiers les rudeſſes qui ſe trouueront en la verſificatiõ
ſi vous conſiderez les geſnes qu'il faut donner à nos penſées dans l'imitation de quelque autre ſujét. Au reſte je
ne vous aurois pas celé mon nom ſi j'auois l'ambition
qu'on me teint pour vn poëte, tout mon deſſein ne butte
qu'a deſrober vos yeux & voſtre cœur à toutes ces chan-
ſons impudiques, pour le faire voller à Dieu ſur les aiſles
de mes penſées : je me croiray bien payé de mes peines, &
vous promets encor quelque autre choſe pour recompenſe
de la voſtre, ſi je puis cognoiſtre que ce petit ouurage donne de la gloire à IESVS, & de l'edification aux ames
rachetées de ſon precieux ſang. Adieu.

LA DESPOVILLE

CANTIQVE I.

Sainctes admirations de l'ame en la naiſſance du Verbe eternel.

BOESSET.

Vel Aſtre fa- uo- rable Com-

mence à paroiſtre icy bas? Que je voy de rares ap-

pas Dans ſon œil ado- ra- ble;

Ses regards ſont ſi doux, Que la Terr'aujour-

dhuy rendra le Ciel rendra le Ciel ja- loux.

Que de chaſtes lumieres
Naiſſent de ce diuin flambeau,
Qui font ſortir de leur tombeau
Les ames priſonnieres.
Ses regards.

Le doux feu qu'il eſlance
Nous cauſe vne ſi belle ardeur,
Qu'il faut bien que noſtre froideur
Cede à ſa violence.
    Ses regards.
   Ses mignardes amorces
Ont tant de pouuoir ſur les cœurs,
Que l'Hyuer n'a plus de rigueurs
Contraires à ſes forces.
    Ses regards.
   Son rayon admirable
Qui change le cours de nos ans,
Nous fait paroiſtre auant le temps
Vn Printemps deſirable.
    Ses regards.
   Sa diuine preſence
Charmant l'effort de nos malheurs,
Arreſte le cours de nos pleurs,
Et guerit noſtre offence.
    Ses regards.
   Tout à preſent reſpire
Par l'aſpect d'vn œil ſi luiſant,
A qui le Ciel va prediſant
Vn eternel empire.
    Ses regards.
   O douceur enfantine !
IESVS, objét de noſtre amour,
Qu'il vous plaiſe naiſtre en ce jour,
Dedans noſtre poitrine,
    Et vous montrez ſi doux,
Que l'honneur des mortelz réde le Ciel jaloux.

B

CANTIQVE II.

Saincte impatience de la Nature pour l'incarnation du Verbe.

GVEDRON.

As ! ne sera-ce jamais, Que la paix

Fera son retour Dans ce bas se- jour? jour? Faut il

que nos desirs Soyét toujours priuez de plaisirs?

Qui hastera le bel œil
Du Soleil,
Pour voir naistre vn Dieu
Dans ce triste lieu?
Faut il.

O Ciel ! faut il que vos yeux
Enuieux,
Esloignent encor
Ce bel aage d'or?
Faut il.

Tous nos defirs eflancez,
Sont laffez,
Attendant toujours
Apres le fecours.
Faut il.

Montrez vous plus gracieux
A nos vœux,
Et donnez la fin
A noftre deftin ,
Faut il.

Grand Dieu verfez nous du Ciel
Ce doux miel,
Par qui nos foucis
Seront adoucis.
Faut il.

Defbondez les clairs ruiffeaux
De vos eaux,
Pour noyer le mal
Qui nous eft fatal.
Faut il.

Si vous differez vn jour
Voftre amour,
Nous portons nos pas
Au cruel trefpas,
Et nos plus doux plaifirs
Periront auec nos defirs.

CANTIQVE III.

La gloire de l'homme en la naiſſance du Verbe.

MOVLINIE.

E Dieu qui d'vn pouuoir ſupreſ-

me Te- noit tout le mõde en eſſroy, N'a plus riẽ

d'eſgal à ſoy- meſ- me: Car ſon amour, Car

ſon amour l'abaiſſe en naiſſant plus que moy.

Cette puiſſance redoutable,
Digne de la gloire d'vn Roy,
Se rend plus facile & traitable :
Car ſon amour.

Ce n'eſt plus vn Dieu des allarmes
Qui tienne les cœurs en eſmoy ;
C'eſt vn enfant qui fond en larmes :
Car ſon amour.

Sa face douce & gracieuſe
Donne aux mortelz vn autre loy,
Et la nature eſt glorieuſe
　　Que ſon amour.

Tout ce qu'il attend de nos ames
C'eſt de luy conſeruer la foy,
Son feu merite bien nos flammes,
　　Puis que l'amour.

Dieu! quelle ingratte conſcience
Ne voudroit point mourir à ſoy ?
Si pour mourir pour noſtre offence,
　　Ton ſeul amour.

Quelle ſuperbe creature
Ne ſe voudra ſous-mettre à toy,
Si pour exalter ma nature
　　Ton ſeul amour.

B iij

CANTIQVE IIII.

Eftonnemens de l'homme en la naiſſance du Verbe.

BATAILLE.

Eſt-ce vn Dieu que je voy giſant en cette eſtable, Qui paroiſt a nos yeux ſi pauure & miſerable? Non: car vn Dieu ne peut dans vn lieu ſi cherif Eſtre arreſté captif.

Mais n'eſt-ce point vn feu, dont les diuines flammes
S'eſlancent icy bas pour embraſer nos ames?
Non: car le feu ne peut à la paille eſtre joint,
Et ne la bruſler point.

N'eſt-ce pas vn Soleil, qui voile d'vn nüage
Les rayons enflammez de ſon brillant viſage?
Non: car Phœbus ne peut quitter le haut des Cieux
Pour deſcendre en ces lieux.

Seroit-ce point aussi quelque puissant Monarque
Qui vient dompter le monde, & terrasser la Parque ?
Non : car je ne descouure en tout ce que je voy
    Rien qui sente le Roy.

I'apperçois toutesfois aux Cieux tant de misteres,
En ses yeux tant de feux, en l'air tant de lumieres,
Tant d'escadrons rangez autour du nouueau né,
    Que j'en suis estonné.

Ha ! je m'en doute bien, c'est vn Dieu de clemence,
Qui cache sa grandeur dessous nostre impuissance,
Que l'effort de l'amour fait naistre en ce bas lieu
    Pour changer l'homme en Dieu.

C'est vn feu deuorant qui vient fondre nos glaces,
Et rechauffer le monde aux flammes de ses graces,
Qui souffre de l'Hyuer les poignantes rigueurs
    Pour embraser nos cœurs.

C'est vn nouueau Soleil, dont la lueur eclipse
Pour montrer a nos yeux son visage propice,
Et qui pour nous parer de sa viue clairté
    Prend nostre obscurité.

C'est vn Roy glorieux de puissance diuine,
Qui voile vn cœur Royal d'vne face enfantine,
Afin que les mortelz changent en ce beau jour
    Leur crainte en son amour.

C'est vn Roy, vn Soleil, vn feu, vn Dieu supresme,
Puissant, luisant, bruslant d'vne grandeur extresme,
Qui voulant que tu sois Dieu, feu, Soleil, & Roy,
    Naist aujourdhuy pour toy.

CANTIQVE V.

Miracle d'amour en la naißance de Iesus Christ,

GVEDRON.

Ve de mira- cles dans les Cieux!

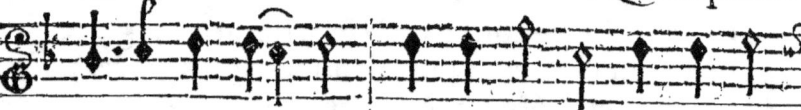

Que de merüeil- le en ces bas lieux! Que de prodi-

ges sur la Ter- re! Où l'on void vn Mars furi-

eux, Quittāt les foudres de la guerre Se mon-

trer doux & graci- eux.

Quel mistere prodigieux !
De voir les flammes & les feux
Dont il souloit ardre le monde,
Changer leur bruslante clarté
En vn fleuue qui ne desbonde
Que la paix, & la volupté ?

Quelle admirable nouueauté,
De voir ce Dieu tant redouté,
Qui se cachoit dans les espines
Pour se loger dedans nos cœurs,
Changer en des roses diuines
Toutes ces poignantes rigueurs.

Qui pourra voir sans l'admirer,
Vn Dieu qui s'est fait adorer
Auec tant d'horreur & de crainte?
Pour se faire aymer sans soubçon,
Rendre toute sa gloire estrainte
Sous les membres d'vn enfançon?

Voicy le monarque des Cieux,
Qui ne se montroit à nos yeux
Que sous vne vaine figure,
Couuert du pauure accoustrement
De nostre mortelle nature,
Afin qu'on le voye aisement.

Mortelz ne craignez plus les dards,
Ny les tonnerres de ce Mars,
Admirez plustot en sa face
Ses traits si doux & gracieux,
Qui vous asseurent que sa grace
Vous logera dedans les Cieux.

B V

LA DESPOVILLE

CANTIQVE VI.

Bon jour de l'ame au Verbe incarné.

MOVLINIE.

Oleil si long-temps attendu,

A la fin tu nous as rendu Le fruict d'vn'amoureus'a-

tente, Tes regards adoucis ont essuié nos

pleurs, Et ta douce clairté presen- te

A fait en vn moment eclipser nos malheurs.

Nos vœux n'ont point esté deçeus:
Car le Ciel qui les a reçeus
Nous rend l'vsure de nos larmes,
Vn Dieu se fait enfant, & se montre si doux,
Qu'estant le Seigneur des allarmes,
Il veut naistre icy bas pour reçeuoir des coups.

Mortelz qu'attendiez vous de mieux,
Que de le voir quitter les Cieux
Pour s'vnir à voſtre nature ?
Et luy rendre en naiſſant vn honneur ſi parfait,
Qu'on void icy la creature
Auoir juſte raiſon de cherir ſon forfait ?

Quel heur, ô puiſſante bonté !
Noſtre laſche infidellité
Te rend aujourdhuy ſi fidelle,
Que nos cœurs eſtonnez confeſſent en ce jour,
Qu'il faut que l'on te ſoit rebelle
Pour cognoiſtre ou s'eſtend l'excez de ton amour.

Que ſi ce malheureux objét
T'a bien fait trouuer vn ſujét
De te montrer ſi debonnaire,
Que fera ton amour pour ceux qui de tout point
Auront eſſayé de te plaire,
Si tu careſſe ainſi ceux qui ne t'ayment point ?

O Dieu ! bien que je ſois certain
Que tu n'euſſe eſtendu la main
Si l'homme euſt eu plus d'innocence,
Cognoiſſant la douceur qui t'ameine auec nous,
Il vaut mieux mourir ſans offence,
Que de viure immortel bleſſant vn Dieu ſi doux.

CANTIQVE VII.

L'amour chaste pour la tres-saincte Vierge.

BOESSET.

Vel Soleil a dans les Cieux Des at-

traits si gracieux Que l'Astre qui nous reluit?

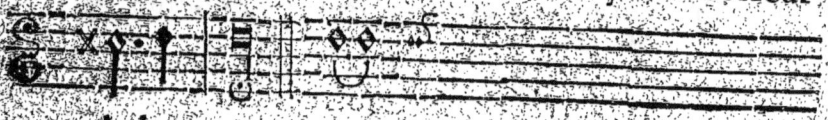

Ses traits radieux Chassent loin de nos yeux l'horreur

de la nuit.

L'Aurore se fond en pleurs,
Quand elle void les couleurs
Dont elle embellit son teint:
Auprés de ses fleurs,
L'esmail de nos jardins est pasle & d'esteint.

Elle a des charmes si doux,
Que les Anges sont jaloux
De nous la voir regarder,
Leurs yeux comme nous
Bruslent d'vn sainct desir de la posseder.

L'on ne void point aux esclairs
Des feux si beaux & si clairs
Qu'elle en a dans ses regards,
Qui fendent les airs
Pour chercher en Dieu seul le but de leurs dards.

L'œil de cét Astre vainqueur,
Descochent dedans son cœur
Mile traits delicieux,
Leur douce rigueur
Obligent l'immortel à quitter les Cieux.

Qui pourroit craindre la mort,
Si par leur diuin effort
Elle arriuoit aux humains ?
Cieux ouurez ce port,
Afin que nous rendions nostre ame en ses mains.

Ieunes esprits esuentez,
Qui vendez vos libertez
A de si fresles objéts,
Ces chastes beautez
Ne vous rendront ils point ses humbles sujéts ?

Sus, bruslez dedans ses feux
L'Autel, le Temple, & les jeux
De la folastre Cypris :
Rendez luy les vœux
Que luy doiuent au Ciel les plus beaux esprits.

CANTIQVE VIII.

Triple victoire de la tres-saincte Vierge par les armes du cœur, des yeux, & des mains.

GVEDRON.

Ette beauté de qui les Cieux

Adorent la gra- ce & les yeux Dés l'orient

de sa naissan- ce, Montre plus clair que l'œil du

jour, Qu'il faut ceder à sa puis- sance, Où par

la force, où par l'amour.

Pour l'effet de ses grands desseins,
Son cœur, & ses yeux, & ses mains
Sont armez de flesches bruslantes,
De qui les coups ont tant d'effort,
Que par leurs pointes violentes
On reçoit la vie où la mort.

Les traits qu'elle à dedans le cœur,
Poussez d'vn courage vainqueur
Frappent Dieu mesme à la poitrine,
Et la vertu de ses appas
Rendent la nature diuine
Sujétte aux rigueurs du trespas.

Si les traits de ce cœur ardant
Se vont heureusement dardant
Au sein d'vne immortelle essence,
Ses chastes yeux en ont de telz,
Qu'ils blessent par leur innocence
Les Seraphins, & les mortelz.

Que si l'attrait de ses regards
Ne peut entamer de ses dards
Les ennemis de sa victoire,
Ses mains leur feront bien sentir
Que pour s'opposer à sa gloire
On ne gaigne qu'vn repentir.

Le premier fait vn Dieu mortel,
Le second rend l'homme immortel :
Mais le dernier fait la vangeance:
Heureux celuy qui peut souffrir
Le second trait de sa puissance,
Puis qu'il n'en doit jamais mourir.

CANTIQVE IX.

GVEDRON.   *Iudith à la Vierge sacrée.*

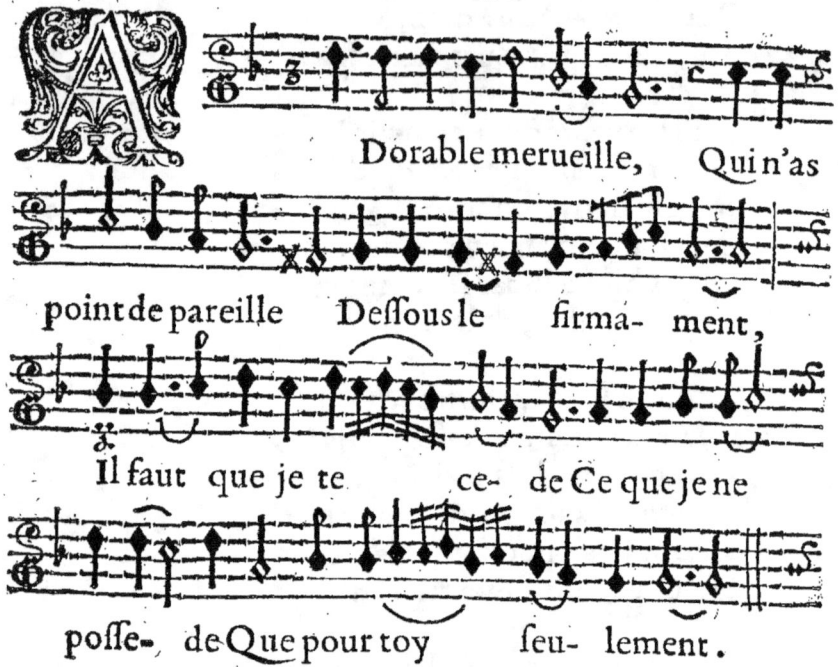

Dorable merueille,   Qui n'as

point de pareille   Deſſous le   firma-   ment,

Il faut que je te   ce-   de Ce que je ne

poſſe-   de Que pour toy   ſeu-   lement.

  Ie n'ay point eu de grace
Sur les traits de ma face
Qui ne veint de tes yeux,
Comme au front de la Lune,
Sa lumiere commune
Vient du flambeau des Cieux.
  Cette force inuincible
Qui me rendoit terrible
Aux plus fameux guerriers,
N'euſt pas oſé paroiſtre,
Si Dieu ne l'euſt fait croiſtre
Au pied de tes lauriers.

Tout mon heur se termine
Dans la seule ruïne
D'vn esclaue d'amour :
Mais ta main genereuse
Te rend victorieuse
Du Dieu qui feit le jour.
　Cette teste enniurée
Me rendoit asseurée
Pour finir mon dessein :
Mais ta vertu guerriere
Ne cherche sa lumiere
Qu'au feu de ton beau sein.
　La nature se peine,
Et se met hors d'aleine
Pour chanter cét exploit ;
Et la gloire est honteuse
De se voir diseteuse
Pour ce qu'elle te doit.
　Le Soleil qui se mire
Dans ton œil qu'il admire,
Croit estre sans clairté,
Lors que le Ciel ordonne
Qu'il fasse vne couronne
A ta chaste beauté.
　Les mortelz, & les Anges,
Ont de floibles louanges
Pour tes perfections,
Dont la sainte excellence
Demande vn long silence
A nos affections.

C

LA DESPOVILLE

CANTIQVE X.

Plainte de S. Iean au trespas de la tres-saincte Vierge.

BOESSET.

V va ce flambeau de ma
Ce Soleil qui fut par l'en-

vi- e, Cet aftre doré?
ui- e Ia- dis adoré? Cieux de qui

la violence Me rauit vn bien fi doux, Auez vous

de l'innocence De le retirer à vous?

Où va cette flamme diuine
De mes faints defirs?
Qui verfoit dedans ma poitrine
Ses chaftes plaifirs?
Cieux de qui.

Pourquoy ce trefor de merüeilles
M'eft il enleué?
De qui les beautez fans pareilles
M'auoyent captiué?
Cieux de qui.

Si l'autheur d'vn fi bel ouurage
En fon dernier jour,
Me la donne comme vn cher gage
De fon pur amour.
Cieux de qui.

Auray-je d'vn fi long feruíce
Honoré ma foy,
Pour voir vne telle injuftice
Se faire enuers moy?
Cieux de qui.

Vierge, feriez vous bien complice
De leur cruauté?
Payeriez vous d'vn tel fupplice
Ma fidellité?
Cieux de qui.

Que fi vous ne voulez plus viure
Dans ces triftes lieux,
Qu'il me foit permis de vous fuiure
Au fejour des Cieux?
Où mon ame plus heüreufe
Puiffe voir les doux appas
D'vne face glorieufe
Que j'aymay tant icy bas.

C ij

CANTIQVE XI.

Regretz de Sainct Pierre.

MOVLINIE.

'Eſt en vain que je veux ce- ler Le

mal que j'ay fait à parler, Ma douleur m'o-

blige à le di- re Pour empeſcher Pour empeſ-

cher qu'il ne m'empi- re.

O bouche infidelle en ta foy !
Pourquoy n'as-tu gardé la loy
Que t'impoſe icy le ſilence,
Lors que ta voix commit l'offence ?

Il faloit alors l'arreſter,
Quand elle veint à deteſter
Contre ſa propre conſcience,
Vn Dieu ſi plein de patience.

Mais ores que le mal eſt fait,
Le taire eſt vn ſecond forfait
Qui te cauſe vn plus grand dommage
Que les erreurs de ton langage.

Ton peché ne ſe peut guerir,
Si pour t'empeſcher de mourir
Tu ne mets ta langue indiſcrette
Sur la douleur qu'elle t'a faite.

Que le Ciel pour me ſoulager,
Ne fait il promptement changer
Mon corps en cent langues diſertes
Pour lamenter toutes mes pertes ?

Où que ne puis-je à cette fois
Imitant les Ecchos des bois,
D'vne ſainƈte metamorphoſe
Eſtre vne voix pour toute choſe ?

Mes regretz toujours languiſſants
Feroyent arreſter les paſſants,
Et les gemiſſements de Pierre
Amoliroyent vn cœur de pierre.

Les accents de mes paſſions
Vaincroyent la fureur des Lyons,
Et leur rugiſſement ſauuage
Se formeroit à mon langage.

Que ſi la faueur de la voix
M'eſt interditte à cette fois,
Mes yeux racontez par vos larmes
Ma perfidie, & mes allarmes.

CANTIQVE XII.

L'Amour mourant.

BOESSET.

I E s v s, vos attraits sont si doux Sur

ce bois où l'amour triomphe de vous, Que l'hom-

me est sans ame Qui ne brusl'en la flamme Que vos re-

gards Iettent de toutes parts.

Phœbus a caché dans les Cieux
Les plus brillants rayons de ses tristes yeux,
De peur que sa face
N'empesche vostre grace
D'espandre en l'air
Vn jour beaucoup plus clair.

La Terre auec des tremblements
Fait esueiller les morts dans les monuments,
Afin que leur veuë
Soit desormais pourueuë
Des traits ardants
De vos astres mourants.

Iamais vostre œil ne fut si beau
Qu'il se fait admirer si pres du tombeau,
Sa flamme diuine
Germe en nostre poitrine
Autant de fleurs
Qu'il fait couler de pleurs.

Les traits de l'amour triomphant
Cedent aux doux attraits d'vn amour souffrant;
Leur douce pointure
Fait viure la nature,
Et leur effort
Triomphe de la mort.

Mortelz vous rendrez vous jamais
A cét Agneau qui meurt pour donner la paix ?
Que si vostre enuie
Luy fait perdre la vie,
Aymez sa mort
Pour reparer ce tort.

C iiij

LA DESPOVILLE

CANTIQVE XIII.

Fruicts de la Croix.

BOESSET.

Eul ob- jét   de mes vœux, &

le but de ma gloire, Croix si douce aux   mortelz,

L'hôneur qu'vn Dieu mou- rant t'acquiert en sa

victoire,   Merite des Autelz.

Ny les faueurs du Ciel, ny les biens de ce monde
Me rendent glorieux;
Mais je m'estime heureux, que sur toy je desbonde
Les ruisseaux de mes yeux.

Si d'vn cuisant malheur je ressents les atteintes,
Ie recours à ton bois,
Et j'espreuue aussi-tost en l'appel de mes plaintes
Le secours de la Croix.

Lors que le monde eſtend ſes filets pour me prendre
Dans ſes freſles appas,
Soudain ſur tes rameaux mon eſprit ſe va rendre
Pour fuir le treſpas.

Si preſſé de la faim je cours à la paſture,
Tu m'offre vn fruit ſi doux,
Que plus je me repais de cètte nourriture,
Plus j'y trouue de gouts.

Quand d'vne ardante ſoif ma bouche eſt alterée,
Tu m'offre auec plaiſir
La ſource d'vn Rocher, dont l'eau pure & ſacrée
Contente mon deſir.

Si d'vn plus grand trauail mon ame eſt haraſſée,
Pour delaſſer mes os,
Belle Croix tu me ſers de couche tapiſſée
Où je prends le repos.

Si j'ay par ta vertu ſurmonté les Monarques,
Pour t'en rendre l'honneur
J'appends autour de toy les fidelles remarques
De mon exploit vainqueur.

Bref le bien que je fais, & le mal que j'eſuitte,
M'oblige inceſſament
De chanter qu'on ne peut auoir vn ſeul merite
Que par toy ſeulement.

Mais je n'auray jamais le repos où j'aſpire,
Que quand tu permettras
Que mon eſprit nauré d'vn amoureux martire
Expire dans tes bras.

C V

LA DESPOVILLE

CANTIQVE XIIII.

La Magdeleine au pied de la Croix.

BOESSET.

Mort! l'objét de mes douleurs!
O mort! qui m'arra- che ces pleurs!

Source eter- nelle de mes plaintes!
Par tes in- folentes atteintes!

Pourquoy ton glaçon enuieux N'esteint-il le

feu de mes yeux?

Puis que l'autheur de mes plaisirs
Deuoit sentir ta violence,
Et que mes plus justes desirs
N'ont peu sauuer son innocence,
Pourquoy.

Faut il que le trait que ta main
A lancé dedans sa poitrine,
Me soit plus doux & plus humain
Qu'il n'est à sa flamme diuine,
    Et que ton glaçon enuieux
    N'esteigne le feu de mes yeux ?

Que s'il faloit que par sa mort
La mort des mortelz fut destruitte,
Pourquoy la rigueur de mon sort
La verra-il prendre la fuitte,
    Auant qu'vn glaçon enuieux
    Ayt esteint le feu de mes yeux ?

O Dieu ! tu la deuois dompter
Pour ceux qui craignent son outrage,
Pour moy qui ne peux subsister
Apres l'horreur de ton nauffrage :
    Ton amour paroist enuieux
    D'espargner le feu de mes yeux.

Si les horreurs du noir cercueil
Où la mort range la nature,
Semblent aux autres vn escueil,
Doux IESVS, mon ame te jure,
    Que ton amour est enuieux
    D'espargner le feu de mes yeux.

En fin je cognois le malheur
Qui me prolonge icy la vie,
Mon cœur n'a que trop de douleur,
Et la mort n'a pas moins d'enuie :
    Mais je n'ay point assez d'amour
    Pour souffrir la mort en ce jour.

CANTIQVE XV.

Amour de la Magdeleine.

BOESSET.

Vis que l'Af- tre qui me domine

S'accordant à ma vo- lonté, Me donn' vn peu de

liberté   D'exaler fa flamme diuine :

Antres obfcurs, Rochers, & bois, Efcoutez mes

foupirs, mes amours, & ma voix.

Ie porte vne fi douce peine,
Que fi le Ciel m'en deliuroit,
Ie ne fçay fi mon cœur viuroit,
Et fi je ferois Magdeleine .
Antres obfcurs.

Depuis que j'esprouuay les armes
D'vn amour plus fort & plus saint,
Mon feu volage estant esteint,
Mon œil n'a jetté que des larmes.
  Antres obscurs.

Mais tant de pleurs que je ruisselle
Naissants d'vn sainct embrasement,
Donnent à mon contentement
Vn tesmoignage plus fidelle.
  Antres obscurs.

Vn amour exempt de malice
Les fait couler si doucement,
Que je serois sans jugement
De les tenir pour vn supplice.
  Antres obscurs.

Le doux tourment qui me possede
M'a si sainctement enchanté,
Que parmy tant de volupté
Ie ne crains plus que le remede.
  Antres obscurs.

O Dieu ! si vos traits admirables
Font tant de bien en nous blessant,
Que feront-ils en guerissant
Des pointures si desirables ?
  Antres obscurs.

Rochers, fidelles secretaires
De mes pures affections,
Ie vous fais de mes passions
Les asseurez depositaires :
  Escoutez donc à cette fois
Mes soupirs, mes amours, & le son de ma voix.

LA DESPOVILLE

CANTIQVE XVI.

La Magdeleine au desert.

MOVLINIE.

Vand je vay desplorer dãs ce desert sau-

ua- ge Ma jeunes- se vola- ge, ge,

Rien ne s'offr'à mes yeux Qui ne m'ayd'à pleurer mes

excez vici- eux.

Lors que pour respirer mon pauuure cœur soupire,
I'oy l'amoureux Zephire
Qui contrefait ma voix,
Et force à soupirer les feuilles de ce bois.

Les rochers amolis par la douce contrainte
De ma dolente plainte,
Sans prendre aucun repos
Redisent apres moy mes funestes propos.

Ces torrents furieux de qui les eaux bruyantes
Vont en terre ondoyantes,
S'eſtonnent en courant
Que mon œil attriſté les ſurpaſſe en pleurant.

Les flambeaux qui du Ciel perçent de leur lumieres
Mes ombres couſtumieres,
Coulent encor des pleurs
Quand ils m'oyent gemir au fort de mes douleurs.

Les Lyons & les Ours voyant en ma poſture
La peine que j'endure,
Au lieu de m'outrager
Deſplorent mes ennuis afin de m'alleger.

S'ils euſſent d'eu jadis vſer de violence
Pour vanger mon offence,
Oyant mes repentirs,
Ils veulent auecque moy partager mes ſoupirs.

Si les Cieux autresfois aigris de ma folie
Conſpiroyent ſur ma vie,
Voyant mon deſplaiſir,
Ils me verſent du miel afin de l'adoucir.

Ainſi je recognois que le Ciel & la Terre
Qui m'euſſent fait la guerre,
Vaincus de mon amour,
Me font vn Paradis de cét affreux ſejour.

CANTIQVE XVII.

Innocence bleßée.

BOESSET.

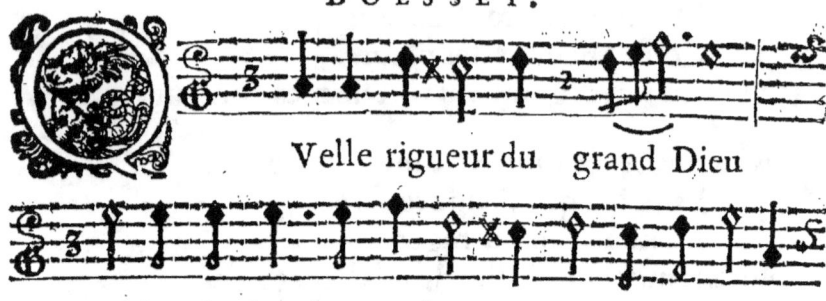

Velle rigueur du   grand Dieu

M'oblige à plaindr'en ce lieu Ma peine & sa vio-

lence? Cieux effacez promptement Les traits de mõ

inno- cence, Où bornez mon chastiment.

Ses yeux sont ils point ouuerts
Pour voir dedans l'Vniuers
Les ennuis des miserables?
Quoy? veut-il perdre en vn jour
Tant de tiltres admirables
D'vn Dieu si bruslant d'amour?

Que ne met-il promptement
Mes pechez, & mon tourment
Dedans fa jufte balance?
Pour voir fi j'ay la raifon
Parmy les traits qu'il m'eflance,
De chercher la guerifon?

La Mer auec fes efforts
Ne roule point fur fes bords
Tant de petits grains de fable ;
Que j'ay fouffert de malheurs
Pour vn peché gueriffable,
Par vn breuuage de pleurs.

C'eft ce qui rend mes propos
Pleins d'ennuis, & fans repos,
Dans le mal qui me poffede :
Car ignorant mon forfait,
I'ignore auffi le remede
A tous les maux qu'il me fait.

Dieu, fi ton bras tout puiffant
Enferme ainfi l'innocent
Dans le malheur du coupable,
Ie ne veux plus difputer
Pourquoy ta fureur m'accable :
Mais je la veux fupporter.

D

CANTIQVE XVIII.

BOESSET.　　　*Iuste mespris.*

E vantez plus à nos esprits　　Les

beautez que le monde a- dore,　　　　Cessez

d'admirer tant le　prix De sa fleur que le temps de-

uo- re:　Elle n'a rien de beau quãd je leue

mes yeux Vers la gloire des Cieux.

Au milieu des plus doux appas
Dont sa coupe enyure les ames,
Ie croys souffrir mile trespas,
Et me glaceant parmy ses flammes,
I'esleue en soupirant mes desirs, & mes yeux
Vers la gloire des Cieux.

Ces beaux jardins couuerts de fleurs,
Et le vif efmail des prairies,
Leur baufme & leur fines odeurs
Me femblent de fales voiries,
Quand je viens à leuer mes defirs, & mes yeux
Vers la gloire des Cieux.

Ce que la chair à de plus beau
Parmy fa gloire periffable,
Reffemble à l'horreur du tombeau,
Lors que mon cœur inconfolable
Efleuë en foupirant fes defirs, & fes yeux
Vers la gloire des Cieux.

Qui me fera tant de faueur
De me tirer de ma geole,
Pour rendre aux mains de mon Sauueur
Ce cœur que la Terre luy vole?
Pour combler à plaifir mes defirs, & mes yeux,
De la gloire des Cieux?

Las ! je foupire inceffamment
En attendant qu'il me deliure :
Viuant, je meurs à tout moment,
Et la mort me fera reuiure :
Rendant heureufement mon efprit, & mes yeux
A la gloire des Cieux.

Seigneur, fi ce n'eftoit pour toy
Que je vis en ce monde infame,
L'amour qui triomphe de moy
Auroit desja rauy mon ame,
Pour faouler fon efpoir, fes defirs, & fes yeux,
De la gloire des Cieux.

D ij

CANTIQVE XIX.

Gloire de Sainct Paul.

GVEDRON.

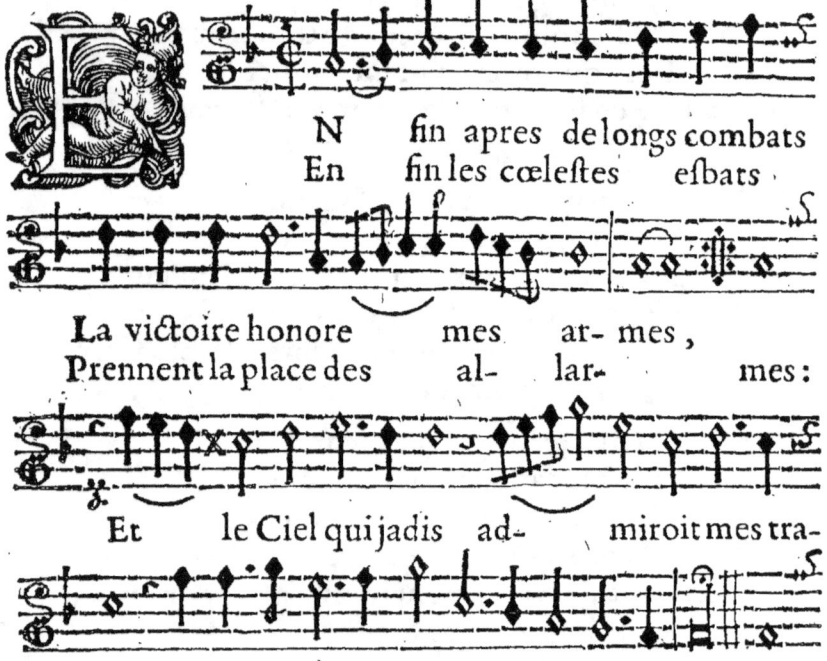

EN fin apres de longs combats
En fin les cœlestes esbats

La victoire honore mes ar- mes,
Prennent la place des al- lar- mes:

Et le Ciel qui jadis ad- miroit mes tra-

uaux, S'éjouit de me voir à la fin de mes maux.

En fin dedans ce beau sejour
Dont jamais l'ennemy n'approche,
Ie voy tant de gloire & de jour,
Que mon courage me reproche,
Que pour jouir du bien qui se donne à mes yeux
Ie n'ay point eu le cœur assez ambitieux.

Le Soleil a moins de clairtez
Quand il fort du fond d'vn nüage,
Que je ne vois de raretez
Dans les efclats d'vn beau vifage,
Qui me fait confeffer qu'aupres de fes attraits,
La face du Soleil pert fa flamme & fes traits.

Si j'ay combattu pour fa foy
D'vne conftance inuiolable,
Il n'a rien qui ne foit à moy
Dans fon palais incomparable,
Et fon œil que mon cœur a toujours adoré,
Luy donne plus de biens qu'il n'en a defiré.

Si j'ay d'vne fi belle fin
Borné l'honneur de ma carriere,
Ie trouue en cét objet diuin
Tant de douceur & de lumiere,
Que je me plains à luy de n'eftre mort cent fois
Pour acheter plus cher le bien que j'en reçois.

Si l'heur de mon contentement
Eftoit capable de trifteffe,
I'aurois vn peu de fentiment
Parmy l'excez de ma lieffe :
Que Dieu m'auroit fait tort de ne m'auoir donné
De plus rudes combats pour eftre couronné.

Mais puis qu'vne telle bonté
Se veut payer de mon feruice,
Ie veux en ma fœlicité
Luy rendre encor ce bon office :
Affeurant les mortelz que le monde n'a rien
Qui puiffe dignement payer vn fi grand bien.

LA DESPOVILLE

CANTIQVE XX.

MOVLINIE.   *Resolution courageuse.*

Ce coup il me faut souffrir, il me
faut souffrir Tout le mal qui se peut offrir Sans
aucun espoir d'ale- geance, Puis que mõ Dieu veut
de- sormais Me faire esprouuer sa puissance, C'est en vain esperer esperer la paix.

Que le Ciel armé contre moy,
Coule autant d'horreur, & d'effroy
Que je pense auoir d'innocence :
Puis que mon Dieu.
Que dans l'air vn tonnerre ardant
Sur mon chef s'en aille dardant
Les traits embrasez qu'il eslance :
Puis que mon Dieu.

Que le fein du bas eſlément
Conjuré pour mon chaſtiment
Donne à cent monſtres la naiſſance :
    Puis que mon Dieu.

Que Dieu meſme appreſte ſes mains
Pour lancer les traits inhumains
Dont il excerce la vengeance :
    Si ſa rigueur.

Qu'on ne voye vn membre en mon corps
Où je ne ſouffre autant de morts
Qu'il en a dans ſa connoiſſance,
    Si ſa rigueur.

Au malheur dont je ſuis atteint,
Ie ne veux m'oppoſer au ſaint,
N'y controler ſa prouidence :
    Mais ſi mon Dieu.

Ah Seigneur ! je peux juſtement
Deſirer apres le tourment
Les faueurs de ton indigence :
Mais ſi tu veux que deſormais
Mon cœur ſoit priué d'alegeance,
Ie n'en veux eſperer jamais.

Donne moy dans le chaſtiment,
Pour mon ſeul rafraichiſſement
Le ſecours de la patience,
Et ſi tu veux que deſormais
I'endure autant de violence,
Mon cœur ne s'en plaindra jamais.
           D iiij

CANTIQVE XXI.

Esperance inuiolable de S. Ignace Martir.

BOESSET.

Her nourricier de mes defirs,

Efpoir de qui les arti- fices Enchantent

de mile plai- firs La cruauté de mes fupplices,

Que l'on à de contentement De pouuoir auec

toy auec toy fouffrir vn long tourmént.

Qu'on me prepare autant de mal
Que l'enfer enferme d'outrage ,
L'on me verra toujours efgal
Chanter au plus fort de l'orage ,
Que l'on à de contentement
De pouuoir efperer au milieu du tourment .

Bruſlez, & rotiſſez ma chair,
Doublez mes croix, & mon martire ;
Vous gaignez moins qu'à battre l'air,
Rien ne m'empeſchera de dire
    Que l'on à.
Que les peines à milions
Tenaillent ce corps miſerable,
Qu'il ſoit deuoré dés Lyons,
Ie diray d'vn ton admirable
    Que l'on à.
Briſez mes os demy froiſſez
Par mes trauaux, & ma vieilleſſe,
Deſchirez ces membres caſſez,
Ma bouche entonnera ſans ceſſe
    Que l'on à.
Qu'vn démon ayt moins de malheurs,
Laiſſez moy la ſeule eſperance,
Mon cœur conſtant en ſes douleurs,
Chantera malgré la ſouffrance,
    Que l'on à.
Quand je conſidere à loiſir
Qu'vn Dieu me prepare ſa gloire,
L'eſpoir brauant le deſplaiſir
Me fait chanter en ſa victoire
    Que l'on à.
IESVS, ſoulas de mes ennuis,
Et la fin de ma longue attente,
Redonnez le jour a mes nuits
Pour rendre mon ame contente,
    Et pour le deſir, & l'eſpoir,
Donnez moy promptement le bon-heur de vous voir.

                D. V.

LA DESPOVILLE

CANTIQVE XXII.

Iuste mespris de saincte Agnez.

GVEDRON.

Esse mortel d'importuner

Mon chaste cœur de tes complaintes,   Ie ne

le peux aban-   donner   A l'ar- ti-   fice

de tes plaintes :   Vn Dieu tant seulement,

Doit estre aymé parfai- cte-   ment.

Fuy promptement loing de mes yeux
Gibier de la mort eternelle,
Ie voy dans la flamme des Cieux
Que la tienne est trop criminelle.
Vn Dieu.

Voudrois-tu bien te comparer
Au doux amant qui m'a choisie?
Luy pense-tu faire endurer
Les tourments de la jalousie?
    Vn Dieu.

Son Pere est plus beau qu'vn Soleil,
Sa Mere encherit sur la Lune,
Et le Fils n'a point de pareil
Dans le bon-heur de sa fortune.
    C'est luy tant seulement
    Qu'on doit aymer parfaictement.
Mon ame est plus chaste en l'aymant,
Son corps rend ma chair toute pure,
Ie suis Vierge auec mon amant
Comme les yeux de la nature:
    C'est luy.
Si ton œil void dessus mon teint
Les lys, & les roses vermeilles,
Le sang dont sa grace me peint
Y fait esclorre ces merueilles:
    C'est luy.
S'il donne à mes chastes desirs
Son cœur pour gage de sa flamme,
Pourrois-je auoir d'autres plaisirs
Que de luy consacrer mon ame?
    C'est luy.
Fuy donc bien-tost loing de ce lieu
Pour mettre fin a cette guerre:
Car je ne peux quitter vn Dieu
Pour aymer vn homme de terre:
    C'est luy.

LA DESPOVILLE

CANTIQVE XXIII.

BOESSET. *Sainct Anthoine, au Soleil.*

Stre jaloux du bon-heur de mon

ame, Pourquoy si tost r'allume tu le jour ?

Ne vois-tu pas le Soleil qui m'enflame, Comblant mes

nuits de lumiere & d'amour? Fuy dõc Phœbus, & si

je ne t'ap- pel- le Ne vien jamais esclai-

rer ma pru- nelle.

Le doux flambeau dont j'adore la face
Nous fait sentir de plus douces ardeurs,
Pres de ses feux tes flammes sont de glace,
Et tu n'as rien d'esgal à ses grandeurs.
Fuy donc Phœbus.

Les belles fleurs qu'icy bas tu fais naistre
Trouuent la mort dans ton œil trop ardant,
Ses doux regards en font icy paroistre
Que son bel œil colore en regardant.
     Fuy donc.

Le trait aygu que ton visage eslance
Cause aux mortelz de cuisants desplaisirs,
Mon beau Soleil à de la violence :
Mais sa vertu contente nos desirs.
     Fuy donc.

Ton œil volage en sa vicissitude
Traisne l'Hyuer dans ce rond Vniuers,
L'Astre qui luit dedans ma solitude
Ne cede point aux rigueurs des Hyuers.
     Fuy donc.

Que t'ay-je fait qui te donne l'enuie
D'inquieter mon repos gracieux ?
Reprends le jour, & laisse moy la vie,
Ie n'ay pour toy l'vsage de mes yeux.
     Fuy donc.

Si tu n'auois la prunelle obscurcie
Pour voir les traits de mon chaste Soleil,
Les clairs appas de sa flamme adoucie
Feroyent rougir la clairté de ton œil.
     Fuy donc.

Chere splendeur, lumierre incomparable,
Pour qui mes yeux sont ouuerts nuit & jour,
Brise les fers de ce corps miserable
Pour m'esleuer dans l'immortel sejour,
    Où ton bel œil par sa flamme eternelle
    Puisse à jamais esclairer ma prunelle.

CANTIQVE XXIIII.

Triomphe de la chasteté, pour S. Augustin.

GVEDRON.

EN fin cette Nymphe des Cieux A

vaincu d'vn trait de ses yeux Mon infidelle

re- sistan- ce; Et la douceur de ses

appas Me donne aujourdhuy la constan- ce Pour

n'aymer plus qu'el- le icy bas.

Auant que mon œil enchanté
Du venin de la volupté
Euft veu la beauté de sa face,
Vn feu contraire à ses chaleurs
Me rendoit plus froid que la glace
Parmy ses pudiques ardeurs.

Mais à peine eus-je veu cét œil
Qui fait eftonner le Soleil
Par les attraits de fa lumiere,
Que mon ame arrefta foudain
De mourir pluftot prifonniere
Que de m'efchapper de fa main.

Ie condamné ma lafcheté
D'auoir fi long-temps contefté
L'honneur d'vne fi douce chaine,
Et lors tous mes plaifirs paffez
Ne me donnoyent pas moins de peine
Que je les auois careffez.

Voyant autour de fes beautez
Tant d'efprits fainctement domptez
Par vne fi belle victoire,
Ie balançois dedans mon cœur
Lefquels poffedoyent plus de gloire,
Où des vaincus, où du vainqueur.

O doux combats! où la vertu
Releuant vn cœur abattu
Le fait triompher auec elle!
Et luy rend par fon bras guerrier,
Au lieu d'vne atteinte mortelle
Vne couronne de laurier.

Allez mes foles paffions,
N'attendez plus de penfions
Pour vn feruice trop infame,
Ie veux plein de fidellité
Baftir au milieu de mon ame
Le temple de la chafteté.

CANTIQVE XXV.

Fruict des innocents.

BOESSET.

V'ont seruy les ruisseaux de ces pleurs

infi- del- les Que tes yeux ont versez,

Lors que tu de- testois les taches crimi- nel-

les De tes pechez passez.

Tant de nouueaux serments que ta langue volage
Me faisoit si souuent,
Plus legers mile fois qu'vn oyseau de passage
S'en sont allez au vent.

Ma grace est à present le prix d'vne caresse,
Où d'vn chetif attrait,
Et l'œil qui desdaignoit n'aguere vne maistresse,
Adore son pourtrait.

Ton courage vaincu par le traid d'vne lettre
    A pris conge de moy,
Tu n'es plus mon vassal, je ne suis plus ton maistre,
    Ny ton esprit à soy.

I'aurois plus aysement dissimulé l'injure
    De ton premier erreur :
Mais je ne peux, helas! penser a ton parjure
    Que je n'entre en fureur.

I'ay long-temps attendu pour voir si ma clemence
    Rameneroit ton cœur,
Apres l'auoir acquis, je perds la patience
    Qu'vn autre en soit vainqueur.

Si ce triste sujet que ton œil idolatre
    Estoit digne de toy,
Ie te pardonnerois quand tu me viens combattre
    Pour luy garder ta foy.

Mais qu'vn si fresle objet triomphe de ma gloire,
    S'attribuant tes vœux,
L'Enfer pour consommer ta perte, & sa victoire,
    N'a point assez de feux.

Faut il que d'vn seul jour le trop brief espace
    Te rende à mes desirs?
Et qu'vn terme si long se consomme & se passe
    Dans tes sales plaisirs?

Si ton cœur vagabond pleurant son inconstance
    Ne haste son retour,
Il me fera changer en foudres de vangeance
    Le feu de mon amour.

E

CANTIQVE XXVI.

Temerité punie.

BOESSET.

'Auois brifé mes fers, & rompu la prifon Où je mourois en peine, Lors qu'vn nou-ueau malheur A vaincu ma raifon Pour me ren-dre à ma chaine.

Ie m'eſtimois heureux de me voir exempté
D'vne rude maiſtriſe :
Mais je cognois en fin que trop de ſeureté
Remet vn ame en priſe.

Ma flamme eſtoit eſteinte, & rien ne m'en reſtoit
Qu'vne vaine fumée :
Mais s'approchant du feu, je veis qu'elle s'eſtoit
Auſſi-toſt ralumée.

Vn rencontre subit d'vn œil qui captiuoit
  Ma raison par ses charmes,
Me feit bien-tost sentir ce qu'vn tyran pouuoit
  Quand il reprend les armes :

Si je veis autres-fois mon ennemy deffait
  Par vne heureuse fuitte,
Ie voy en l'approchant par vn contraire effet
  Ma fortune destruitte.

I'apperçois qu'à ce coup mon courage trompeur
  A ruiné ma gloire,
Et que pour triompher, il faloit par la peur
  Asseurer ma victoire.

Le tyran qui me dompte est plus fort qu'vn geant
  Contre le temeraire :
Mais si l'on s'en esloigne, on le void à l'instant
  Luy mesme se deffaire.

Il forge dans nos sens, & prend en nos regards
  Ses plus sanglantes flesches :
Mais quand nous le fuyons il demeure sans dards,
  Et nos esprits sans bresches.

Si je puis derechef me rendre le vainqueur
  De sa fiere puissance,
Pour garder mes lauriers je n'armeray mon cœur
  Que de la desfiance.

Puis que le seul peché se dompte en le fuyant,
  Ie veux fuir ses armes,
Quand je ne verray plus son visage attrayant
  Ie viuray sans allarmes.

E ij

CANTIQVE XXVII.

Inconstance louable.

GVEDRON.

Ise- rable jeunesse

Suiuras tu point l'adresse De ce monde enchanté?

Dont l'humeur inconstante T'appréd la

loy changeante De l'infidelli- té?

Faut il que son enuie,
Triomphant de ta vie
Te rauisse le cœur?
Sans auoir le courage
De te rendre volage
Pour mocquer le mocqueur.

Luy seras-tu fidelle
Pour viure a sa cordelle,
Sans qu'vne mesme loy,
Par vn effet semblable
Te rende aussi muable
Qu'il est fresle en sa foy?

Fais que la repentance
Rende a son inconstance
Vn payement pareil,
Et gueris la blessure
Que t'a fait ce parjure
Par vn mesme appareil.

Que ton cœur desauouë
Le tyran qui se iouë
De ta fidellité,
Et ne luy fais la gloire
De doubler sa victoire
Par trop de loyauté.

Redonne à ton offence
L'honneur de l'innocence
Par vn saint changement,
Tu n'es plus excusable
D'esleuer sur le sable
Vn si grand bastiment.

S'il paye de fumée
Ton ame consommée
Dans le feu de ses loix,
Le vent de ton aleine
Peut acquitter sans peine
Plus que tu ne luy dois.

E iij

CANTIQVE XXVIII.

Aiguillon de vertu.

BOESSET.

Armez vous mes es-   prits,

Et reprenez courage,   Brauez par le mes-

pris Vn tyran plein de ra- ge : Car si vostre pouuoir

ne me veut secourir, Sa rigueur me fera mourir.

Les jeux, & les plaisirs
Dont il vous ensorcelle,
Ont ils pour vos desirs
Vne attente si belle,
Qu'ils puissent attirer d'vn appas vicieux
Vn esprit formé pour les Cieux ?

Vous auez si souuent
Tenu ce beau langage,
Qu'il n'auoit que du vent
Pour celuy qu'il engage,
C'eſt eſtre en ſes diſcours vn peu trop ineſgal,
De bien dire & faire ſi mal.

Si vous n'auiez appris
Parmy tant d'excercices,
Quel eſt l'injuſte pris
Qu'il donne à vos ſeruices,
L'on vous excuſeroit de vous voir engager
Sous les loix d'vn cœur ſi leger.

Or que vous cognoiſſez
L'humeur de voſtre maiſtre,
Plus vous le carreſſez,
Plus vous faites paroiſtre
Que vous auez perdu le ſens & la raiſon,
D'en aymer encor la priſon.

Dittes luy deſormais
Vn adieu volontaire,
Et ne traittez jamais
Auec voſtre aduerſaire;
C'eſt l'vnique moyen de me rendre vainqueur
D'vn tiran ſi plein de rigueur.

CANTIQVE XXIX.

Estonnement salutaire.

BOESSET.

'Il est vray qu'é vous offen-   ceant
D'où vient qu'ū foudre mugis-   sant

L'on perd le thresor   de   la vie,
Ne   me l'a point en-   cor   rauie?

IESVS, est   il   possible en ne vous ay-

mant pas D'eschapper le   trespas?

Si l'on meurt esloigné de vous,
Qui seul donnez l'estre à nos ames,
Que n'expiray-je à tous les coups
Priué de vos diuines flammes?
IESVS, est il.

Si le peché cauſe la mort
Par vne mortelle pointure,
D'où vient qu'en reſſentant l'effort
Ie ſuis franc de la ſepulture?
　　IESVS, eſt il.

Si l'on ne peut viure vn moment
Sans le doux attrait de vos graces,
Pourquoy ne ſuis-je au monument
Or que mon ſein n'a que des glaces?
　　IESVS, eſt il.

C'eſt le peché qui veit en moy,
Mon ame, helas! n'eſt pas viuante,
Ie ſuis mort en fauſſant la foy
D'vne beauté ſi floriſſante.
　　IESVS, eſt il.

Las! redonnez moy voſtre amour,
Et vous fleſchiſſez par mes larmes,
Où fermez ma paupiere au jour
Par le dernier coup de vos armes:
I'auray bien moins de peine à ſouffrir le treſpas
　　Qu'à ne vous aymer pas.

E V

CANTIQVE XXX.

Mouuements de contrition.

BOESSET.

Dieu! ce ne sõt point vos armes Qui

donnent le cours à mes lar- mes Par leur insup-

portable effort : Mais las! Mais las! je me

meurs quãd je pen - se Que ma cru- elle of-

fen- ce Vous à cau- sé la mort.

Non, ce ne sont point les supplices
Que j'ay meritez pour mes vices
Qui me font arrester le poux :
Mais las ! je me meurs quand je pense
A ma cruelle offence
Qui vous plombe de coups.

Ce n'eſt point l'horreur de la flamme
Qui bruſle & ne conſomme vne ame
Qui me fait deſſecher le ſang :
Mais las ! je me meurs quand je penſe
A ma cruelle offence
Qui vous froiſſe le flanc.

Grand Dieu , ce ne ſont les tortures
Qu'on ſouffre en ces priſons obſcures
Qui font redoubler mes effroys :
Mais las ! je me meurs quand je penſe
A ma cruelle offence
Qui vous attache en Croix.

Ce n'eſt point la chaine eternelle
Qui ſerre vne ame criminelle ,
Qui me contraint de ſoupirer :
Mais las ! je me meurs quand je penſe
A ma cruelle offence
Qui vous fait expirer.

Tout ce que l'enfer à d'horrible
N'eſt point encor aſſez terrible
Pour me cauſer tant de langueur :
Mais las ! je me meurs quand je penſe
A ma cruelle offence
Qui vous perce le cœur.

Bref , tant de tourments & de rage
Ne me font point perdre courage ,
Mon eſpoir eſt encor plus fort :
Mais las ! je me meurs quand je penſe
Que ma cruelle offence
Veit apres voſtre mort.

CANTIQVE XXXI.

Adieu au Monde.

BOESSET.

I mon cœur autre-fois   aueu-
Blasme tes cruautez,   & ton

gle en te seruant Quitte son es-   clauage,
humeur de vet Qui m'a mis hors de page: Apres

auoir   abusé   de ma foy Deuois-je pas Deuois-je

pas en faire autãt que toy?

Si je me suis vanté de ton bon traitement
I'ay commis vn mensonge,
Où bien ayant perdu la clef du jugement
Ie me vantois d'vn songe.
Apres auoir

Tant de mois font coulez depuis que tu me tiens
Dans l'efpoir, & l'attente,
Tu te montre infidelle, où defpourueu des biens
Qu'en vain tu nous prefente.
Apres auoir.

Le bon-heur qui me fuit en fuyant ma prifon
M'a donné l'affeurance
Qu'on n'herite jamais des biens de ta maifon
Qu'vne fole efperance.
Apres auoir.

Celuy que j'ay choifi pour me rendre à jamais
Fidelle à fon feruice,
Me defcouure aujourdhuy que le bien que tu fays
Eft pluftot vn fupplice.
Apres auoir.

Tu me contefte en vain l'heur de ma liberté
Par des attraits volages,
Mes yeux font efclairez d'vne pure clairté
Qui les à fait plus fages.
Apres auoir.

S'il eft vray que tu n'as pour tant de feruiteurs
Qu'vn fi maigre falaire,
Il faudroit à prefent de puiffants orateurs
Pour m'induire à te plaire.
Apres auoir.

Ie reçois tant d'honneur dedans l'election
De ma feconde chayne,
Que plus j'y fens de mal, plus j'ay d'affection
D'en voir croiftre la peine.
Apres auoir.

CANTIQVE XXXII.

GVEDRON. *Le Purgatoire.*

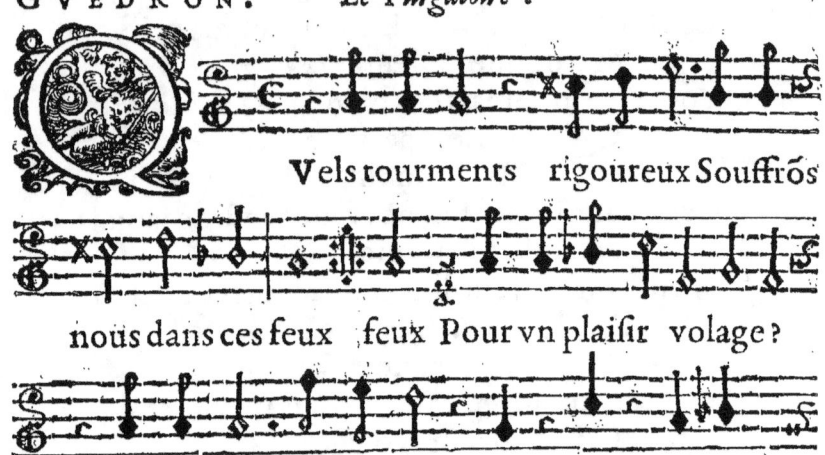

Vels tourments rigoureux Souffrós

nous dans ces feux feux Pour vn plaisir volage?

Nos maux sont douloureux:Mais, Mais l'espoir

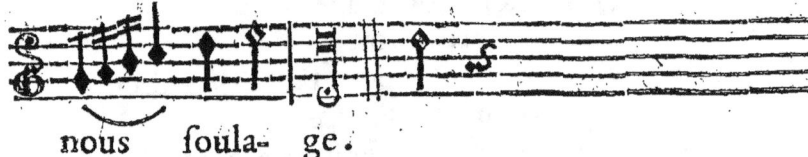

nous soula- ge.

Dans les lieux obscurcis
Nos esprits sont transis
Pensant à leur dommage,
Nous plaignons nos soucis:
Mais l'espoir nous soulage.

Nos pechez enuieux
Nous ont mis sur les yeux
Vn horrible nüage
Qui nous cache les Cieux:
Mais l'espoir nous soula ge.

Pour vn bien paſſager,
Le feu nous vient purger
D'vn violent outrage,
Ce mal n'eſt pas leger :
Mais l'eſpoir nous ſoulage.

Nos trauaux exceſſifs
Ne ſont point adoucis
Dans vn ſi long orage,
Ny nos ſens endurcis :
Mais l'eſpoir nous ſoulage.

Ce qui fait au milieu
Des ombres de ce lieu
Noſtre eſprit tout ſaunage,
C'eſt de ne voir point Dieu :
Mais l'eſpoir nous ſoulage.

Le plus grand des malheurs
Qui nous reſout en pleurs,
C'eſt que ſon beau viſage
Se cache à nos douleurs :
Mais l'eſpoir nous ſoulage.

Le deſir de le voir
Ne fleſchit au pouuoir
Du mal qui nous outrage,
Nous auons le vouloir :
Mais l'eſpoir nous ſoulage.

CANTIQVE XXXIII.

Amoureuses reproches.

BOESSET.

E suis du siecle ingrat   le prin-
cipe & la vie,   Si vous doutez encor qu'il sub-
si-   ste par moy,   Consultez ces effets dont ma
mort est suiuie, Pour en ti- rer la foy.

Sans moy le clair Soleil n'auroit point de lumiere,
I'alume ses rayons dans le feu de mes yeux :
Mais soudain que la mort abaisse ma paupiere
Il ne luit plus aux Cieux.

C'est moy dont la vertu supporte la machine
De ce lourd eslement qui tremble sous tes pas,
Et qui fait bien sentir qu'il penche à sa ruïne
Au jour de mon trespas.

Tant de tombeaux ouuerts au moment que j'expire,
Pour reçeuoir le jour parmy l'ombre des morts,
Font cognoistre aux humains que j'ay sous mon empire
    Les ames & les corps.

Et ce rideau brisé qui rend le sanctuaire
Pour jamais descouuert à l'aspect de vos yeux,
Vous montre à la faueur d'vne mort salutaire
    Le grand chemin des Cieux.

Mais pourtant, ô mortelz, vos perfides courages
Cherchent loing de mes yeux la clairté du beau jour,
Que vous pensez trouuer en des flammes volages
    Plustot qu'en mon amour.

Vous pensez que la Terre à pour vos esperances
Vn estat plus certain que celuy de ma Croix,
Et que ces bras clouez n'ont pas en leurs puissances
    Les couronnes des Roys.

L'esprit qui vous aueugle en sa mortelle enuie,
Pour ne voir point la mort parmy vostre langueur,
Vous empesche de voir que l'esprit de la vie
    Vient du sang de mon cœur.

En fin par vn mespris qui m'est insupportable,
Soulant indignement le prix de mes douleurs,
Vous cherchez à trauers d'vn bon-heur perissable
    L'enfer de vos malheurs.

Parmy tant de regrets vn seul point me soulage,
Qu'il ne tient pas à moy que vous ne vous sauuiez,
Et mon cœur en ma mort vous rend le resmoignage
    Qu'il veut que vous viuiez.

                  F

LA DESPOVILLE

CANTIQVE XXXIIII.

Sainctes impatiences.

BOESSET.

Amais le jour delicieux

Qui doit borner cette nuit effroyable, Ne vien-

dra il rendre à nos yeux L'aspect d'vn astre pitoy-

able? So- leil dõt les attraits ont des char-

mes si doux, Ie meurs de plus viure sans vous.

L'excez du malheur que je sens
N'a plus d'espoir que pour vostre naissance,
Et tant de soupirs languissans
Ne font qu'esbranler ma constance.
Soleil dont.

Voſtre œil peut il bien ignorer
Ce que je ſouffre abſenté de vos flammes ?
Les miens qui ne font que pleurer
Montrent les douleurs de nos ames.
    Soleil dont.

Craignez vous que tant de clairtez
Perdent leurs feux dans ce triſte nüage,
Et que vos diuines beautez
S'eclipſent deſſus mon viſage ?
    Soleil dont.

Helas ! je cognois aſſez bien
Que vous deuez ſouffrir mon injuſtice,
Et que pour exalter vn rien
Il faut qu'vn Dieu s'aneantiſſe.
    Soleil dont.

Mais puis qu'vn amour eternel
En a voulu prononcer la ſentence,
Venez vous rendre criminel
Pour me donner voſtre innocence.
    Soleil dont.

F ij

CANTIQVE XXXV.

Amoureuse resolution.

BOESSET.

IE veux trouuer mon dernier jour

Où je fi- niray ma souffrance,

Ne vouloir rien souffrir c'est noircir son a-

mour D'vne fole esperan- ce. Mais las! je

sens bien que je meurs, Iesus par sa pre- sen-

ce appaise mes douleurs.

Auant qu'efprouuer la douceur
Des fruicts que la Croix me raporte,
Mon cœur ne penfoit pas qu'on eut tant de bon-heur
A viure de la forte.
    Mais las !

Mon cœur n'a plus d'autres defirs
Que pour endurer dauantage,
Si l'on m'ofte mes Croix, on m'ofte mes plaifirs
Pour me faire vn outrage ;
    Mais las !

Cher objet de mes paffions,
O mort ! qui faits viure mon ame,
Redonne la vigueur a mes affections,
Car mon efprit fe pafme !
    Helas !

O faincte vie ! ô belle mort !
Sources de mes chaftes delices,
Hé comment caufez vous par vn contraire effort
Ma joye & mes fupplices ?
    Helas !

O Dieu, je cognois le fujet
Qui caufe ma mort & ma vie,
I e s v s vif & mourant eft l'amoureux objet
De mon ame rauie :
    Mais las !

LA DESPOVILLE

CANTIQVE XXXVI.

Plaintes amoureuses.

BOESSET.

Ve feruent ces regrets, mon a-

me il faut partir, L'eternel changeât de courage,

Ne veut à prefent confen- tir Que tu puiffe voir

fon vi- fage: Helas! je cherch'en vain du fe-

cours dâs les Cieux, Mon Soleil fe cache a mes yeux.

Ce Dieu qui ne fçauroit changer fes jugements,
Se rend aueugle a ton fupplice,
Il faut payer dans les tourments
Ce que tu dois a fa juftice.
Helas!

Il faloit appaiser l'excez de sa fureur,
    Lors qu'vne amere pœnitence
    Pouuoit corriger ton erreur,
    Et faire adoucir ta sentence.
        Helas !
Tes pleurs eussent alors esteint en vn moment
    Le brasier qui te purifie,
    S'ils t'eussent lauez sainctement
    Auant le terme de ta vie.
        Helas !
Le feu de son amour pouuoit en vn instant
    Purger la tache qui te souille,
    Or il faut vn feu plus ardant
    Pour te nettoyer de ta rouille.
        Helas !
Mais ce n'est point l'effort des maux que je ressents
    Qui me fait gemir sous ma chayne,
    Ces decrets sont trop innocents
    Pour me vouloir plaindre en ma peine.
        Helas !
Ie me plains seulement dans vn si triste lieu
    D'auoir prodigué tant de larmes,
    Qui me pouuoyent rendre à mon Dieu,
    Et me guarantir de ses armes.
        Helas !
Le plus cruel malheur que je souffre icy bas
    Me vient de me voir separée
    Si loing des immortelz appas
    D'vne beauté si desirée.
        Helas !

                                    F. iiij

LA DESPOVILLE

CANTIQVE XXXVII.

Flammes diuines.

RICHART.

L n'est plus temps de resister
Son feu diuin a fait fondre

aux gra- ces D'vn objet si puissant, Tout autre a-
les gla- ces De mô cœur languissant;

mour n'est qu'vne resueri- e, Ie fuis les vains plai-

sirs, Et n'ay plus de desirs Que pour Mari- e.

Pour vous seruir j'ay juré les diuorces
A toutes les beautez,
Et leurs attraits ne trouuent plus d'amorces
Dessus mes volontez.
Tout autre.

Les vanitez ne donnent plus d'alarmes
A ma foible raiſon,
Vos doux regards ont diſſipé les charmes
De ma vieille priſon.
Tout autre.

Dans les douceurs de voſtre ſainct empire,
Rauy de tant d'appas,
Ie dis par tout que c'eſt vn grand martire
De ne vous aymer pas.
Tout autre.

Ie porte enuie à la gloire des Anges,
Que leur iuſte deuoir,
Pour faire ouir vos diuines louanges
Surpaſſe mon pouuoir.
Tout autre.

Par vos faueurs je conſerue la flamme
Qui me rend bien heureux,
Rien deſormais n'empeſchera mon ame
De vous rendre ſes vœux.
Tout autre.

F v

LA DESPOVILLE

CANTIQVE XXXVIII.

RICHART.

E veux mourir s'il me prenoit en-
Quoy qu'ū demon ennemy de ma

vie D'abandonner le penser de mon Dieu,
vie Me le voulut porter en autre lieu:

Fay dōc mon Dieu que ce penser demeu- re Dedans

mon cœur, Où permets que je meure.

Cruel demon je cognois ta malice,
Ton bien trompeur n'esmeut aucunement
Celuy qui craint la cœleste justice,
Oubliant Dieu seulement vn moment.
Fay donc mon.

Que cette mort dont l'Eternel menasse,
A mon humeur ce doux eguillon joint,
D'estre aux plaisirs insensible & deglace,
Et que pour luy mon feu ne meure point.
    Fay donc mon.

Dans les combats au milieu des allarmes,
Où le plus braue aprehende la mort,
Ie ne l'y crains quand pour but de mes armes
L'honneur de Dieu se sert de leur effort.
    Fay donc mon.

Sçay-je pas bien qu'il faut mourir pour viure,
Et qu'on fait mal de viure pour mourir,
Ta passion nous induit a la suiure?
Car ses tourments ont l'art de nous guerir.
    Fay donc mon.

CANTIQVE XXXIX.

Nuit sans repos.

GVEDRON.

Ors que la nuit obscure, De son
Espand sur la nature   Le som-

œil brunissant
meil languissant,

Pressé du souuenir de mon

cruel forfait,   Ie luy conte en pleurant le mal

qu'elle me fait.

Fidelle nourriciere
Du repos des humains,
Qui ferme leur paupiere
Aux maux plus inhumains,
Nuit dont les froids pauots charment tout icy bas,
Donneras-tu jamais la fin à mes combats ?

Si ton profond silence
Calme si promptement
L'extresme violence
Du bruit, & du tourment,
Que ne fays tu cesser d'vne esgalle vertu
Les ennuis importuns dont je suis combattu.

La douceur de tes charmes,
Par qui l'on void tarir
La source de nos larmes
Que le jour fait courir,
Conspirant sur mes yeux par vn effét rebours,
Leur en fait mile fois recommencer le cours.

Des que ton crespe sombre
S'estend sur l'Vniuers,
La faueur de ton ombre
Tient les malheurs couuerts :
Mais las ! ton noir retour descouure à chaque fois
Le sujét douloureux qui me rend aux abois.

Lors que dessus la Terre
L'esloignement du jour
Donne trefue à la guerre
Par ton heureux retour,
L'excéz de ma douleur par de nouueaux efforts
Fait souffrir à mon cœur l'assaut de mile morts.

Quand ma triste pensée
Me vient ramenteuoir
Mon offence passée
Que tu veis conçeuoir,
Ce triste souuenir me cause tant d'ennuis,
Que je desire alors qu'il ne soit plus de nuits.

LA DESPOVILLE

Ces brillantes estoilles,
Dont l'esclat blanchissant
Me paroist dans tes voilles,
Liuide, & palissant,
D'vne morne clairté s'irritant contre moy,
Me reprochent toujours l'eclipse de ma foy.

Cet Astre variable
Qui change a tout moment,
Dans sa course muable
M'objecte constamment,
D'vn langage arresté qui trouble mon repos,
L'inconstant changement de mon lasche propos.

Mais quand l'oyseau fidelle,
Ennemy du sommeil,
Commence a battre laisle,
Et donner le reueil,
Ie crois que par ses cris il me veut auertir
Plustot de mon peché, que de mon repentir.

Nuit fatalle aux promesses
De ma temerité,
Tesmoin de mes detresses,
Et de ma lascheté,
Quand tu couure le Ciel de rideaux obscurcis,
Tu me descouure, helas! l'objet de mes soucis.

Cette horreur coustumiere
Dont tu charge les yeux,
Nous cachant la lumiere
Du clair flambeau des Cieux,
N'eust rien qui ne me fut agreable & plaisant
Pres des chastes attraits d'vn Astre si luisant.

Mais quand ce beau visage
Noircy de mes pechez,
Trouua dessous l'orage
Tant de rayons cachez,

Vn effroy criminel se rendant mon vainqueur,
M'enleua promptement sa lumiere du cœur.
    Mon ame despourueuë
    D'vn œil qu'elle aymoit tant,
    Ayant perdu la veuë
    De ce Soleil ardant,
Void vn double malheur luy rauir en vn jour
Le flambeau de ce monde, & celuy de l'Amour.
    O nuit infortunée!
    Si mon cœur malheureux
    Te rend importunée
    De ses cris langoureux?
Accuse ta rigueur qui rafraichit toujour
Le mal qui rend mes nuits plus fierres que mes jours.
    Si tes yeux pitoyables
    Veirent auec horreur
    Les serments effroyables
    Que faisoit mon erreur,
La raison aujourdhuy demande a tout le moins
Qu'ils seruent à mes pleurs de fidelles tesmoins.
    Puis que ta couuerture
    N'eust jamais le pouuoir
    De cacher le parjure
    Qui te fait esmouuoir,
Ie ne peux desormais te cacher les douleurs
Qui me font escouler vn deluge de pleurs.
    Que si les justes plaintes
    Que je faits retentir,
    Te causent des atteintes
    Que tu ne peux sentir,
Ne me reproche plus l'horreur de mes pechez,
Et bien-tost on verra tous mes pleurs estanchez.

CANTIQVE XL.

La Vierge aux Pecheurs.

BOESSET.

Sprits qui nourrissez vos im-

perfecti- ons Du trompeur entretien de vos

de- uoti- ons, Fuyez loing de mes flammes;

Leur diuine chaleur, Pour em- bra-

ser vos ames, A perdu sa valeur.

Ne vous allez vanter que e vous ay blessez
Par les traits innocents que mon œil a lancez,
Vous offencez mes flesches :
Car mes puissantes mains
N'ont jamais fait de bresches
Dans vos cœurs inhumains.

N'approchez de mon temple infidelles mortelz,
Et ne prophanez plus l'honneur de mes autelz
 Par des vœux sacrileges :
 Mon pouuoir glorieux
 Vous prenant pour ses pleges
 Se rendroit odieux.

Il est vray que je suis & l'asile, & le port
De ceux qui pour fuir les fureurs de la mort
 Courrent à ma defence :
 Mais je ne sauue pas
 Ceux à qui ma clemence
 Cause vn second trespas.

Le Printemps desiré n'esclot pas tant de fleurs,
Que j'ay dedans les mains de cœlestes faueurs
 Pour en charger la Terre :
 Mais je ne donne rien
 A qui me fait la guerre
 Quand je luy faits du bien.

I'abuserois ainsi des thresors de mon fils,
D'en faire des presents aux plus grands ennemis
 Qu'il ayt en tout le monde :
 La Mer cause vn grand mal
 Quand elle se desbonde
 Par delà son Canal.

Donnerois-je ma grace à ceux qui tous les jours
Naurent entre mes bras l'objet de mes amours
 D'vne estrange malice :
 Iamais trop de bonté
 Ne me rendra complice
 De vostre cruauté.

Cette rare douceur qui me fait tant aymer,
Donneroit aux humains sujét de me blasmer,
    Que ma dextre propice
    Secourant le peruers,
    Fomenteroit le vice
    Dans ce rond Vniuers.

Mes faueurs sont bien loing de vos pretentions,
Ie tiens à deshonneur que vos affections
    Me disent leur maistresse;
    Volages seruiteurs,
    Le peché qui vous presse
    Vous desclare menteurs.

Vous imaginez vous que pour me saluer
Deux où trois fois le jour je vous doiue auoüer
    Pour mes humbles esclaues,
    Des cœurs apesantis
    Sous des fardeaux si graues
    Ne sont pas mes captifs.

Si vous me preferez vne vaine beauté
Qui rauisse les vœux, & la fidellité
    Que vous me deuez rendre:
    Ne vous persuadez
    De me pouuoir surprendre
    Aux lacs que vous tendez.

I'ay l'œil trop penetrant pour me laisser aller
Aux paroles de vent que vous semez en l'air,
    I'en voy la tromperie;
    Vos courages malins
    Pour abuser Marie
    Ne sont point assez fins.

Mais aymez deformais ce que mon cœur cherit,
N'attachez plus vos yeux fur la fleur qui perit
    Si toft qu'elle eft efclofe,
    Et fi je n'ay fur vous
    La paupiere d'efclofe,
    Condamnez mon courroux.

Fuyez d'vn pas leger ce que je n'ayme point,
Pourfuiuez ardamment jufqu'à leur dernier point
    Les vertus que j'eftime,
    L'œil que vous adorez
    Cherira la victime
    Que vous m'apporterez.

Quand vous auriez donné le meilleur de vos ans
Aux excez, aux plaifirs, aux jeux, aux paffe-temps,
    Ne perdez l'efperance,
    Pour vaincre mon fecours,
    La diuine vangeance
    Trouue fes bras trop cours.

Ie ne demande rien qu'on ne m'accorde aux Cieux,
Dieu ne reuoque point les faueurs qu'en ces lieux
    Ie donne au miferables:
    Mais par vos feuls pechez,
    Mes deffeins fauorables
    Sont toujours empefchez.

Mon fils n'eft point jaloux de me voir eftimer,
Il treffaut de plaifir qu'on me vient reclamer
    Aux plus fort des allarmes:
    Faut il que vos meffaits
    Empefchent que mes charmes
    Produifent leurs effets?

LA DESPOVILLE

Vous m'appellez en vain par tant de noms diuers,
Refuge des pecheurs, salut de l'Vniuers,
   Et le throſne de grace ;
   Vos excez criminels
   Deſrobent à ma face
   Ces honneurs eternels.

Où ceſſez a preſent de recourir à moy,
Où bien vous reſoudez à ſuiure vne autre loy
   Pour me voir ſecourable,
   Ie vous pourray guerir
   Quand voſtre eſprit muable
   Ne voudra plus mourir.

Que ſi vous ne changez de reſolution,
Oſtez vous du cerueau cette deuotion
   Digne de mocquerie,
   Et jamais n'eſperez
   D'obtenir de Marie
   Ce que vous deſirez.

CANTIQVE XLI.

Duel prodigieux.

B O E S S E T.

'Vn œil abifmé dans fes larmes

l'admire vn Dieu mourant en Croix, Et voyant

parmy ces effrois Les deux chefs de fes armes;

Ie doute quel eft le plus fort, Où du

trait de l'Amour, où du trait de la mort.

Le trait que l'amour luy defferre
Le rend fujét à nos malheurs,
Et luy fait couler tant de pleurs,
Qu'au plus fort de la guerre
On juge quel.

G iij

La mort d'vne main temeraire
N'aurant ce Dieu jufques au cœur,
Veut que fon trait foit le vainqueur,
Et fon effort contraire
Fait douter.

En vain la rigueur de la Parque
Auroit attenté ce deffein,
Si l'amour n'euft ouuert le fein
D'vn fi puiffant Monarque,
Qui montre.

Mais puis que l'amour eft fa vie,
Le peut il bien faire mourir ?
Il le doit pluftot fecourir
Aux affauts de l'enuie,
Pour monftrer,

Les feux allumez en fa face
Luiroyent encor deffus nos yeux,
Si la mort d'vn trait enuieux
Ny couloit tant de glace :
Qu'on doute.

C'eft trop difputer la victoire,
Celuy qui le feift naiftre enfant
Merite vn l'aurier triomphant,
Et nous montre en fa gloire
Lequel doit eftre.

Ainfi qu'au jour de fa naiffance
L'amour prefide en fon berceau,

Ainſi l'amour en ſon tombeau
Teſmoigne ſa puiſſance,
    Et montre.

L'excez qu'il endure au ſupplice
N'a beſoin de tant de vertu,
Que lors que ſon cœur eſt battu
D'vne ingratte malice,
    Qui fait cognoiſtre.

En fin ſi la flamme diuine
Qu'alume vn ſi rare flambeau,
Se nourrit du ſang & de l'eau
Qui ſourd de ſa poitrine :
    Qui doute quel.

G iiij

CANTIQVE XLII.

La Magdelcine au tombeau.

GVEDRON.

'En eſt fait, helas ! il eſt mort, Celuy

dont l'amou- reux effort M'auoit ſainctement

conuertie : La tombe enferme ce vainqueur,

Et cache la flamme amortie Qui don-

noit la vie à mon cœur.

Ce diuin objét de mes yeux,
Qui peut d'vn attrait gracieux
Fondre la glace de mon ame,
Vaincu d'vn effort rigoureux,
Giſt à preſent ſous vne lame
Pour ſe faire voir amoureux.

Quel forfait auoit-il commis,
Pour voir tant de traits ennemis
Pointez sur le blanc de sa vie,
Pour tirer les morts du tombeau
A il merité que l'enuie
Ternit l'esclair de son flambeau?

Astres, estes vous les autheurs
De sa mort, & de mes douleurs
Par vostre influence mutine?
Auriez vous commis ce mesfait,
Que de procurer la ruine
De ce grand Dieu qui vous a fait?

Soleil qui cognois mes ennuis,
Ne redonne plus a mes nuits
Le point d'vne Aurore importune:
Car la raison me fait juger,
Que c'est empirer ma fortune
Que de me vouloir soulager.

Laisse couler a l'auenir
Les maux que tu ne peux finir
Par le retour de ta lumiere:
La force de mes passions,
Pour me faire ouurir la paupiere
Ostent la force a tes rayons.

Ie ne voy rien dessous le Ciel
Qui ne me donne autant de fiel
Qu'autrefois j'y trouuay de grace:
Tout me desplait esgalement
Depuis que le trait de sa face
Me fut couuert au monument.

Parque enuieuſe de mon bien,
Pourquoy ne romps tu ce lien
Qui tient mon ame garottée?
Et que n'as-tu mis au cercueil
Ma chair de triſteſſe agitée,
Afin de ſouler ton orgueil?

Viuray-je encor long-temps icy
Dans le regret & le ſoucy
Sans eſpoir de reuoir ſa flamme?
Mon cœur ſainctement transformé
Par le doux braſier qui m'enflamme,
N'en ſera-il point conſommé?

La perte de ces doux appas
Aduance ma vie au treſpas,
En vain la nature s'oppoſe:
I'ay trop de reſolution
Dans le bien que je me propoſe
Pour trahir mon affection.

Il faut qu'vn juſte deſplaiſir
Faſſe croiſtre en moy le deſir
De le ſuiure en cette carriere,
Auſſi bien mon œil attriſté
Trouue la nuit dans la lumiere
Qui ne luit point de ſa clairté.

Si la mort eſpargne mon ſang
Plus que les ruiſſeaux de ſon flanc,
L'amour à la main mieux armée,
Et ſi j'ay vie en ce malheur,
Ce n'eſt qu'vne mort affamée
Qui ſe repaiſt de ma douleur.

Il ne me faut point de tourment
Que la mort d'vn si chaste amant
Pour trancher le cours de ma vie?
Que si je ne meurs tout soudain,
C'est que la mort qui la rauie
Veit au sepulchre de mon sein.

Le trait dont j'ay le cœur blessé,
C'est qu'apres l'auoir offencé
Il meurt pour expier l'offence:
Et voir que I E S V S en ce jour
Au lieu d'exercer la vengeance,
Donne sa vie, & son amour.

Hé qui n'auroit le cœur touché,
De voir mourir pour le peché
Celuy qui veit exempt de vice?
Que si j'ay commis le forfait,
Ie dois au moins pour mon supplice
Soupirer le mal que j'ay fait.

Mourons mon cœur, mourons pour luy,
Puis qu'il meurt pour nous aujourdhuy,
Nostre mort est deuë à sa vie:
Où bien d'vn amoureux transport,
Malgré cette fiere ennemie
Viuons au penser de sa mort.

Ainsi les yeux noyez de pleurs,
Le cœur oppressé de douleurs,
Pleuroit l'amante pœnitente
Aupres de l'humide tombeau
Qui voilloit la face innocente
De son doux & diuin flambeau.

CANTIQVE XLIII.

La Magdeleine au jardin.

GVEDRON.

N fin mõ beau Soleil dont la mort vi-

olente   Me rendoit si dolente, S'esle- ue

du tombeau, Et redonne à mes yeux l'esclat de

son flambeau.

Astre dont les regards d'vne flamme diuine
M'eschauffent la poitrine,
Que ton œil obscurcy
A coulé dans mon sein de fiel, & de soucy.

Que de justes regrets, que de larmes fidelles
Ont noyé mes prunelles,
Ce tombeau glorieux
T'en pourroit asseurer, s'il auoit eu des yeux.

Si son marbre n'estoit insensible à mes peines,
Il eut veu les fontaines
Que je faisois courir,
Pour te faire en pleurant promptement refleurir.

Les traits du blond Phœbus auoyent trop peu de char-
Pour essuyer mes larmes, (mes
Et mes cruels ennuis
Ignoroyent la douceur du repos & des nuits.

Combien de vains soupçons me sugeroyent sans cesse,
Qu'vne main larronnesse
Pour accroistre mon deuil
Rauiroit mon thresor caché dans vn cercueil.

Tantost je conjurois la Parque insatiable
De m'estre secourable
Par vn effort pareil,
Pour joindre en l'eclipsant la Lune à son Soleil.

O mort! disois-je alors, si ta cruelle enuie
N'est saoule de sa vie,
Deuore encor ma chair,
Et m'enferme auec luy dedans ce beau rocher.

Tantost je m'adressois à ta prunelle esteinte,
Et luy faisant ma plainte,
I'essayois par mes pleurs
De r'alumer ainsi ses pudiques ardeurs.

Ton cœur qui sçeut jadis le secret de mon ame,
Sentoit-il point ma flamme,
Dont l'impuissant effort
Combattoit par ses feux les glaçons de ta mort?

LA DESPOVILLE

En fin je te reuoy lumiere incomparable,
Et ton œil fauorable
Redonne à mes douleurs
L'objét de mon espoir, & le fruiét de mes pleurs,

Que si tu sens encor mes paupieres coulantes
Mouiller tes sainétes plantes,
C'eſt que leur doux appas
Ont fondu les ruiſſeaux glacez en ton treſpas.

Mais las ! faut il Seigneur, que tu me les retire
Pour croiſtre mon martire,
Qui ne peut s'appaiſer
Si tu ne me permets de les aller baiſer.

O Dieu ! je le voy bien, tu le faits à cette heure
De peur que je ne meure,
Et qu'vn excez d'amour
N'emporte mes plaiſirs, & ma vie en vn jour.

CANTIQVE XLIIII.

GVEDRON. *Iuſtes reproches.*

Onc cette ingratte na- ti- on, Auſ-

ſi dure à ma paſſi- on Qu'inſéſible au choc de mes

armes, D'vn ſuperbe meſpris, Foule deſſous les

pieds tant de ſang & de larmes Eſpan- du

pour ſon prix.

Ces flots ne la peuuent toucher
Non plus qu'vn orgueilleux rocher
Battu par la fureur de l'onde :
Et ces ruiſſeaux de ſang
Qui peuuent abiſmer tous les pechez du monde,
N'eſtonnent point ſon flanc.

La cruauté de mes douleurs
Fait fondre la nature en pleurs
Par vn ressentiment fidelle,
Et ce peuple inconstant,
Bouche à tous mes trauaux son aueugle prunelle
De peur d'en faire autant.

L'Astre que j'ay mis dans les Cieux,
Pour donner le jour à leurs yeux
Porte le deuil en mon supplice,
Et ceux à qui l'Enfer
Deuoit ces chastiments pour vanger leur malice,
Semblent en triompher.

L'espine qui dessus mon chef
Me fait sentir de leur meschef
La rigoureuse violence,
Me perçe en mile lieux :
Mais elle ne sçauroit poindre la conscience
De ces malicieux.

Ces clous qui me perçent les mains,
Pour ces esprits trop inhumains
N'ont pas les pointes assez dures,
Leur courage plus fier
Rend aux puissants efforts de leurs viues pointures
Leur poitrine d'acier.

Ce fer qui m'entame le cœur
Pour donner cours à la liqueur
Du sang, & de l'eau qu'il ruisselle,
Ne sçauroit entamer
D'vne esgalle vertu leur ame criminelle
Qui ne me peut aymer.

Ce poteau qui me sent mourir
Tache encor à me secourir
S'amolissant dessous sa charge,

Et ce peuple endurcy,
A qui par mes tourments j'obtiens vne descharge,
N'en à point de soucy.
Les morts quittent les monuments
Pour pleurer ces maux vehements
Que les viuants ne sçauroyent plaindre,
Les Cieux en ont horreur,
Et ceux pour qui je meurs, ne se veulent contraindre
A gemir leur erreur.
Mon peuple, helas! que t'ay-je fait?
Ay-je commis quelque forfait
Digne d'attenter à ma vie?
Pour t'auoir tant de fois
Arraché du tombeau, ta rage, & ton enuie
M'attache en cette Croix.
Ce ne sont pas mes passions
Qui causent mes afflictions,
Elles sont toutes volontaires:
Mais je me plains, helas!
De voir que mes douleurs estant si salutaires,
Ne te sauueront pas.
S'il falloit encores souffrir,
Ie m'irois de rechef offrir
Pour caution de ton offence,
Et mon fidelle amour
Qui ne se lasse point, me feroit sans dispence
Mourir cent fois le jour.
Mais ton rebelle aueuglement
Qui te priue de sentiment,
A si peu d'esgard à mes peines,
Que les fresches douleurs,
Pour amolir ton cœur, paroistroyent aussi vaines
Que mes premiers malheurs,

H

CANTIQVE XLV.

Flammes fidelles, imitation des paroles du Cantique.

BOESSET.

E port' au cœur vne amoureuse flam-

me Dont les ardeurs caufent mi- le plaifirs,

Plus elle croit au milieu de mon ame, Plus fa ver-

tu fo- men- te mes defirs : Mais le de-

ftin me retarde l'Aurore Du beau Soleil

que mon efprit a- do- re.

Cent fois la nuit j'abandonne la couche
Pour defcouurir le point de mon beau jour :
Mile foupirs exalez de ma bouche
Vont preuenir fon gracieux retour :
    Mais le deftin.

Mes yeux qui font vn occean de larmes,
Se vont flattant qu'vn miracle nouueau
Fera fortir les attraits, & les charmes
De mon Soleil du milieu de cette eau :
    Mais le deftin.

Tantoft je cours les carfours, & les places
D'vne Cité qui me fert de prifon,
La froide nuit n'a point affez de glaces
Pour alentir le feu de ma raifon :
    Mais le deftin.

Ma trifte voix parmy l'air efpanduë,
Crie aux foldats qui font en garnifon,
Las ! dittes moy fi la flamme attenduë
Luira bien-toft deffus noftre horifon ?
    Mais le deftin.

Lors que mes pas rencontrent mes compagnes,
Leur defcouurant mon fecret amoureux,
Ie le requiers par les Cerfs des campagnes
De luy conter mon ennuy langoureux :
    Mais le deftin.

Aftre diuin qui donne à ma memoire,
Malgré le fort de fi doux entretiens,
Ma noire nuit doit elle auoir la gloire
De me rauir l'objet de tous vos biens?
　　Et le deftin tardera il encore
　　L'heureux retour du Soleil que j'adore?

Si tu ne veux me rendre ta prefence,
Au moins, helas! attiedis ma ferueur,
Mon cœur plus froid aura la patience
D'attendre icy ta diuine faueur,
　　Tant que le Ciel me face voir l'aurore
　　Du beau Soleil que mon efprit adore.

Non, mais pluftôt augmente d'heure en heure
Le doux brafier qui m'enflamme le cœur,
Et mon efprit laffé de fa demeure,
Verra foudain que fon amour vainqueur
　　Luy donnera pour la vermeille aurore
　　L'ardant midy du Soleil que j'adore.

CANTIQVE XLVI.

Triomphe de l'Eglise en la conuersion de S. Paul.

GVEDRON.

E Nfin le juste Ciel à mes vœux pitoy-able, A rangé sous mes pieds ce guerrier effroy-able Qui troubloit mes plaisirs, Et d'vn pouuoir su-presme Le rod à mes de-sirs Plus souple que moy mesme.

Ce Taureau furieux, dont la rage insolente
Outrageoit les bourgeons de ma race innocente,
A calmé sa fureur,
Et me faisant la feste,
Il laue son erreur
Du pur sang de sa teste,

H iiij

LA DESPOVILLE

Celuy qui comme vn Loup poussé d'vne furie
Esgorgeoit mes Agneaux dedans ma bergerie,
   Vaincu de mon espoux,
   Par vn effet contraire
   Se rend parmy les Loups
   Vn Agneau debonnaire.

Pendant qu'il respiroit le sang & le carnage,
Qu'il armoit contre moy les fureurs de sa rage
   Pour espandre mon sang,
   Vne force inuisible
   A fait de ce brigand
   Vn guerrier inuincible.

Vn coup lancé du Ciel aueuglant sa prunelle,
Luy fit ouurir le cœur à la flamme eternelle
   Qu'il alloit mesprisant,
   Et sa force incognue
   Fit vn flambeau luisant
   D'vn œil priué de veue.

Ie le voy desormais combattant pour ma gloire,
Suiure d'vn zele ardant l'honneur de ma victoire,
   Sans espargner ses mains,
   Et ses armes fidelles
   Rendent à mes desseins
   Les cœurs des plus rebelles.

Ie n'ay pas d'vn laurier enuironné ma teste,
Et ne me vante point heureuse en ma conqueste
   Pour l'auoir abattu:
   Mais je m'estime heureuse,
   De voir que sa vertu
   Me rendra glorieuse.

Cher espoux de mon cœur, si tes forces nouuelles
Vouloyent roujours changer des bestes si cruelles
En des Agneaux si doux,
Ie voudrois que la Terre
N'enfanta que des Loups
Pour me faire la guerre.

H iiij

LA DESPOVILLE

CANTIQVE XLVII.

BOESSET. *Iustes plaintes.*

Vi veit jamais vn cœur

Si preſſé de rigueur Que j'ay de violen- ce,

Qui me force à paſ- ſer la reigle du ſi- lence ?

O Dieu! tu le ſçay bié, Que ſi la patience N'ay-

doit ma conſcience, Ie ne ſerois plus rien.

La Mer à moins de flots
Pour troubler le repos
D'vn nocher miſerable,
Que je n'ay de malheurs, dont le moindre m'accable.
Que ſi tu ne m'eſtois
Dans le mal ſecourable,
Ma peine intolerable
M'auroit noyé cent fois.

L'on ne void en mon corps
Membre exempt des efforts
De la main qui m'outrage,
Au moins d'estourne vn peu la fureur de l'orage,
I'endure tant d'excez,
Qu'en voyant mon visage
Ton seuere courage
Dira que c'est assez.

Quand le Soleil reluit,
Et qu'il chasse la nuit
Du trait de sa lumiere,
Vne douleur seconde augmente la premiere,
Seigneur, ouure à present
Ta diuine paupiere,
Tu jetteras arriere
Vn tourment si cuisant.

Mais lors qu'il va baignant
Ses traits en s'esloignant
Dans le sein de Neptune,
La nuit void aussi-tost empirer me fortune,
Les charmes languissants
Du jour, & de la brune,
Pour ma peine importune
Sont toujours impuissants.

Auprés de mes douleurs,
Tous les autres malheurs
Ne sont que des peintures;
Les tourments des Enfers cedent à mes tortures,
Et la mort me deffaut,
Doutant que ses pointures
Ne soyent point assez dures
Pour me liurer l'assaut.

H v

LA DESPOUILLE

Seigneur, helas ! croy-tu
Que j'esgalle en vertu
Vn Rocher insensible
Pour resister aux coups de ton bras inuincible ?
Le moindre chastiment
D'vne main si terrible
Perçeroit comme vn crible
Vn cœur de diamant.

Toutefois si tu veux
Montrer ce que tu peux
Sur vne ame innocente,
Double de tes rigueurs la fureur violente,
Et ne veille donner
A mon ame dolente
La fin de la tourmente,
Que pour la couronner.

CANTIQVE XLVIII.

Tromperie descouuerte.

Boesset.

Rompeuse volupté, que ta fureur cru-

elle Nous cache de poison sous la rose nou-

uelle Que tu montre a nos sens, Que parmy

tes appas on souffre de mar- ti- re, Et qu'il

est asseu- ré que ceux que tu fairs rire Sont

des- ja hors du sens.

LA DESPOVILLE

A peine eus-je gousté le doux amer bruuage
Qui fait du cœur humain vne beste sauuage,
    Qu'il me feit bien sentir
Que s'il coula du miel sur ma langue alterée,
Il remplit ma poitrine en son feu deuorée
    Du fiel du repentir.

Dés que l'objet trompeur qui m'enchanta la veuë
Ce fut esuanouy, comme on void dans la nuë
    Vn oyseau se cacher,
Au lieu de ses appas, vne fureur horrible
Se presentant à moy d'vne façon terrible
    Me parla du bucher.

En vain je r'appellois en ma triste pensée
Les objets deçeuants de ma gloire passée
    Pour soulager mon cœur,
Tous mes plaisirs confus prenant en main les armes,
Changeoyer pour me punir la douceur de leurs charmes
    En des traits de rigueur.

Retournez, ce disois-je, ô douceurs mensongeres,
Repoussez les assauts que mes douleurs ameres
    Me donnent à present:
Mais je criois en vain: car ma triste memoire
Me faisoit rencontrer au sujet de ma gloire
    Vn tourment plus cuisant.

Voyla comme vn plaisir plus volage qu'vn songe,
A glissé dans mon sein vn serpent qui me ronge
    Par vn triste remorts,
Ie voy l'Enfer despeint dedans ma conscience,
Et le Ciel irrité menacer mon offence
    D'vn milion de morts.

Las ! me faut il mourir , sans que cette pointure
Donne vn peu de repos au tourment que j'endure
Pour vn vain passe-temps :
Dieu faites moy ce bien , que par la pœnitence
Ie puisse repousser l'extresme violence
Des peines que je sens .

LA DESPOVILLE

CANTIQVE XLIX.

Ialousie.

V fuyez vous efprits vo- la-

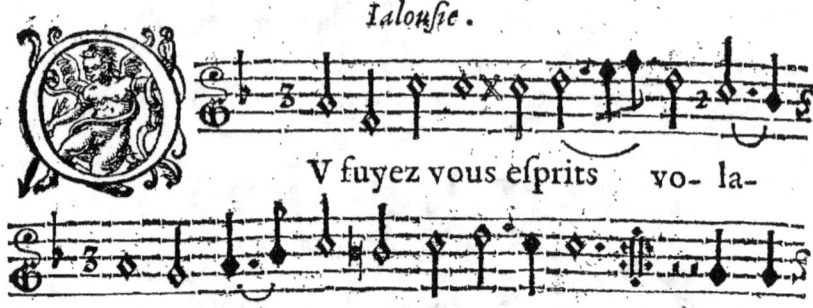

ges Loing de l'objét de vos plaifirs? Quel char-

me attire vos defirs Parmy ces repaires fauuages?

Helas! que cherchez vo⁹ dans la nuit de la cour,

Où l'efclat de mes yeux n'a jamais fait de jour?

Ces lieux à qui voftre efloquence
Donne le tiltre des enfers,
N'ont ils plus de feux, ny de fers
Pour vous gefner la confcience?
Helas !
Quel fruit nouueau vous fert le monde
Pour irriter vos appetits,

Et vous rendre aujourdhuy captifs
D'vne jeunesse vagabonde?
  Helas!
Le cours fuyard de ces delices
Que vous rebutiez autrefois,
Vous fait-il mespriser mes loix,
Et recourir a vos supplices?
  Helas!
Ce monstre est-il plus agreable
Qu'il ne paroissoit à vos yeux,
Ou si son attrait ennieux
A rendu vostre esprit muable?
  Helas!
Falloit il tant vomir d'injures
Contre son infidellité,
Pour vous rendre auec lascheté
Coupables de mile parjures?
  Helas!
Aurez vous bien la confiance
De vous dire mes seruiteurs,
Où l'on ne void que les menteurs
Conuerser auec asseurance?
  Helas!
Si c'est pour m'y rendre seruice
Que vous en aymez le sejour,
Que n'y placez vous mon amour,
Que n'en deslogez vous le vice?
  Helas!
Car s'il ne change de nature
Par vos discours si complaisans,
Il faudra que les courtisans
Vous reuestent de leur figure.
  Helas!

LA DESPOVILLE

Ces entretiens trop ordinaires
Me font douter auec raison,
Que vous traittez de trahison
Auec mes plus grands aduersaires.
Helas !

Si vos humeurs n'estoyent accortes
Pour s'accorder en mesme point,
La Cour ne vous souffriroit point,
Où vous en chercheriez les portes.
Helas !

Voulez vous que le monde estime
Que je vous faits mourir de faim,
Puis que vous y cherchez le pain
Qui ne se peut manger sans crime.
Helas !

Les fruicts que ma Croix vous rapporte
Sont il amers à vostre goust ?
Vous plaindrez vous que c'est le coust
Qui vous desgoute de la sorte ?
Helas !

Le doux nectar de mes fontaines
Ne vous peut il desalterer,
Qu'il vous faille encor desirer
Quelque autre soulas à vos peines?
Helas !

Fuyez d'vn pas irreuocable
Vn lieu qui ne vous doit loger,
Et ne vous mettez en danger
Que sa ruine vous accable.
Helas !

CANTIQVE LI.

Dialogue d'vne Fille, & d'vn Rosier.

GVEDRON.

Osier qui fus jadis l'objét de
La fortune me fait le but de

mes prunelles.
tes querelles.

Helas! qu'est deuenu le su-

jét de ta gloire? Vn larron en a fait ce-

luy de sa victoire.

Et quel est le voleur de tes roses vermeilles?
Le temps qui rauit tout à fauché ces merueilles.
N'a il point espargné tes beautez admirables?
Ses cruelles fureurs sont trop insatiables.

I

LA DESPOVILLE

Son pouuoir s'estend il sur ta riche peinture ?
C'est le cruel tyran de toute la nature.
Ne pouuois tu dompter son orgueilleux courage ?
Rien ne veit icy bas qui soit franc de sa rage.

Qu'à fait cét inhumain de ta riche despouille ?
Ce que fait vn Vautour de l'oyseau qu'il despouille.
Il a donc consommé ta beauté printemniere ?
Ce sont les passe-temps de sa fureur meurtriere.

Hé ! que n'en faisoit il vne riche guirlande ?
Ce n'est pas le dessein de sa rage brigande.
Deuoit il pas au moins en couronner sa teste ?
Il est pour cét honneur plus brutal qu'vne beste.

Que t'a laissé le temps de ta grace incroyable ?
L'espine & l'aiguillon qui me rend effroyable.
Que ne les prenoit il auec tes fleurs diuines ?
Le temps rauit les fleurs, & laisse les espines.

D'où vient que tes rameaux trainent contre la Terre ?
Ceux qui me courtisoyent me font ores la guerre.
Tes roses n'ont pas fait tant d'amis que je pense ?
Voyla de mes faueurs l'ingratte recompense.

T'ay-je pas veu souuent chery des damoyselles ?
Mais je suis à present rongé des Sauterelles.
Tu n'est donc plus hanté de la vaine jeunesse ?
Les amis de la Cour quittent en la vieillesse.

Rosier, que ton malheur me fait jetter de larmes ?
Tu te verras bien-tost dans les mesmes allarmes.
Ne peux tu recouurer tes roses desirables ?
Les dommages du temps se font irreparables.

Qu'apprendray-je, ô Rosier, de ta fiere disgrace?
Que le temps ne fait cas du teint, n'y de la grace.
Sa rigueur contre nous est elle aussi cruelle?
Il espargne encor plus la layde que la belle.

Mais que m'apprend encor ta grande solitude?
Que le monde malin est plein d'ingratitude.
Ton poignant aiguillon ne dit-il autre chose?
Qu'il te laisse l'Espine, & t'enleue la Rose.

Conseille moy, Rosier, de ce que je dois faire?
Il te faut desormais resoudre à luy desplaire.
Mais si je ne luy plais, adieu mes sacrifices?
Prends pour des trahisons ses plus humbles seruices.

Que deuiendront ainsi les fleurs de mon visage?
Offre les à ton Dièu pour vn parfait hommage.
Met on sur ses autelz des offrandes semblables?
Les presens qu'on luy fait luy sont tous agreables.

Et que fera sa main d'vne fleur perissable?
Il te la peut garder au Ciel inflettrissable.
Ie luy veux donc sacrer mes fleurs & ma jeunesse?
C'est l'vnique leçon que le Rosier te laisse.

I ij

F I N.

MIROIRS

MIROIR
DE LA VANITÉ.

Apostrophe de la Mort à ceux qui se mirent curieusement.

 Ous auez beau consulter
Sur le poli d'vne glace
Les beautez de vostre face,
Si vous me pouuez dompter.

Attisez dedans vos yeux
Ce feu qui consomme l'ame,
Ma glace esteindra sa flamme,
Peut elle embraser les dieux ?

Frisottez bien ces cheueux
Où l'homme incensé s'enlace,
Pour brusler cette filace
Ie ne manque point de feux.

Si la grace à son sejour
Dessus vostre front d'iuoyre,
I'en effaceray la gloire
Pour y loger à mon tour.

Recourbez en forme d'arcs
Vos sourcils d'vn soin folastre,
I'y joindray pour vous abattre
Les mieux trempez de mes dards.

Si vostre jouë à des fleurs
Plus que le Printemps n'en porte,
Mon aleine est assez forte
Pour en ternir les couleurs.

Si vostre bouche encherit
Dessus l'esmail de la rose,
La mienne en beant l'arrose
D'vn venim qui la pourrit.

Si comme vn lys printemnier
Vostre gorge est espanduë,
Cette neige estant fonduë
I'en feray voir le fumier.

Si vos membres pottelez
Font honte à ceux de l'Aurore,
I'enfante vn ver qui deuore
La chair des plus cadelez.

Si les attraits de l'Amour
Sont empraints en ce visage,
Sçachez que ce mien image
Y paroistra quelque jour.

I'oygnez d'vn parfait accord
L'artifice à la nature,
L'vn & l'autre en pourriture
Sera reduit par la mort.

I iiij

Empruntez le Vermeillon,
Et la plus fine Ceruse,
I'en descouuriray la ruse
D'vn coup de mon aiguillon.

Quand vous rauiriez les Roys
Par l'orgueil de voftre face,
Pourtant faut il qu'elle paffe
Sous la rigueur de mes loix.

Bref vfez à cét employ
Le meilleur de vos années,
A la fin les deftinées
Vous rendront femblable à moy.

MIROIR
DE L'ORGVEIL.

L'Ame damnée Apostrophe son Miroir.

Ve maudit soit le miroir,
Et cette glace enchantée,
Où ma jeunesse esuentée
Prit tant de peine à se voir.

O cristal malicieux !
Seul autheur de mes desastres,
Tu me faisois voir des Astres
Quand je te montrois mes yeux.

Tu disois que mes regards
Sembloyent aux eslans du foudre,
Et qu'il reduisoyent en poudre
Ceux qu'ils touchoyent de leurs dards.

Tu chantois que le corail
Portoit enuie à ma bouche,
Et que l'ame estoit farouche
Qui n'adoroit son esmail.

Ton infidelle rapport
Me faisoit croire oublieuse,
Que la Parque injurieuse
Eust pour moy souffert la mort.

I iiij

MIROIRS

Si je contemplois mon teint,
Tu m'y faisois voir escloses
Les plus delicates roses
Dont le gay Printemps se peint.

Si je te consideois,
Il me sembloit que mes charmes
Eussent arraché des larmes
Du marbre de mes parois.

Ie pensois en me voyant,
Que cette glace trompeuse
S'estoit rendue amoureuse
De mon visage attrayant.

Ie cuidois que dans les Cieux
On me deuoit des louanges,
Et que les aisles des Anges
Se brusleroyent à mes yeux.

Si j'espandois mes cheueux,
Soudain ta glace feconde
Me disoit que tout le monde
Se deuoit prendre à mes nœuds.

Si je descouurois au jour
L'alebastre de ma gorge,
C'est me disois tu la forge
Des traits flambant de l'Amour.

Ah! Miroir, plus criminel
Que mon œil ne fut volage,
Ie sens bien à mon dommage
Que mon visage n'est tel.

Car plus horrible icy bas
Qu'vne furie enragée,
Ie me vois si fort changée
Que je ne me cognois pas.

Cette face où la beauté
Se montroit incomparable,
Par son aspect effroyable
Rend le Diable espouuanté.

L'on void à present couler
Des brandons de mes paupieres,
Qui n'ont qu'autant de lumieres
Qu'il en faut pour me brusler.

Tant de regards amoureux
Ont esté les allumettes,
Et les premieres bluettes
De ces brasiers rigoureux.

Les rubens, & les tortis
Dont j'embellissois mes tresses,
Pour comble de mes detresses
Sont en Serpents conuertis.

Ces poudres, & ces Yris
Dont je desguisois mes houppes,
Ont couué dans ces estoupes
Les flammes que j'y nourris.

Cette bouche à qui les Roys
Consacroyent les diadesmes,
Ne vomit que des blasphemes
Dans les esclats de sa voix.

I V

MIROIRS

Mon teint noir & basanné
De cette espesse fumée,
Montre en ma face enflammée
L'horreur de l'homme damné.

Deux gros Dragons acharnez
Sur mes pendantes mamelles,
Ont succé jusqu'aux moüelles
Mes os nuds & descharnez.

Ie n'ay pour mes courtisans
Que des monstres indomptables,
Qui font leurs jeux, & leurs fables
De mes regrets plus cuisants.

Toy qui fremis à me voir
Dans l'horreur de cette flamme,
Apprends ce que couste à l'ame
Son visage, & son Miroir.

Tu perds le temps vainement,
Si mieux que moy tu ne tasche
D'enleuer bien-tost la tache
Qui m'a causé ce tourment.

MIROIR

DE COMPVNCTION.

L'Ame en Purgatoire fait des comparaisons & des antitheses
d'vn Miroir auec son pourtrait.

 Vous qui dans vn cristal
Idolatrez vostre face,
I'offre dans vne autre glace
Le vray Miroir de mon mal.

Ce que l'on en void pourtrait
N'est qu'vne vaine figure,
Ma douleur n'est qu'en peinture
Dans ce langoureux attrait.

L'vn vous represente au vif
Le trait de vostre visage,
L'autre vous montre vn image
De mes tourments au naïf.

L'vn vous montre les couleurs
Dont vous vous estes fardée,
L'autre vous montre vne idée
De ma flamme, & de mes pleurs.

L'vn imite & contre-fait
La cause de mon supplice,
L'autre par son artifice
Vous en descouure l'effet.

L'vn semble rire, & parler,
Sans pouuoir parler, n'y rire,
Et l'autre brusle, & soupire,
Sans soupirer, & brusler.

L'vn montre la vanité
Dans son image inconstante,
L'autre en sa face pleurante
Vous montre la verité.

L'vn en reformant la peau,
Rend l'ame layde & difforme,
L'autre en l'attiffant reforme
Vostre esprit cent fois plus beau.

L'vn allume en son sujét
Vn vain brasier qui l'enflamme,
L'autre en amortit la flamme
Par son pitoyable objét.

L'vn void perir à l'instant
La forme qui la conçeue,
L'autre en la forme reçeue
Persiste ferme & constant.

L'vn vous apprend que vos fleurs
Pourriront en moins d'vne heure,
L'autre vous dit qu'on demeure
Long-temps parmy ces douleurs.

En l'vn, pour offenser Dieu,
Vous trouuez souuent des armes,
L'autre vous offre des larmes
Pour l'appaiser en ce lieu.

L'vn moins vtile pour vous,
Eſt pour nous fort inutile,
L'autre vous eſt tres vtile:
Mais inutile pour nous.

L'vn en vous diſſimulant
Vous montre plus agreable,
L'autre n'a rien de ſemblable
Au feu qui nous va bruſlant.

L'vn vous aduance au malheur
Auquel je ſuis deſcendue,
L'autre en y portant la veue
Vous comblera de bon-heur.

L'vn vous ſourcille les yeux
Par vne vaine arrogance,
L'autre par la repentance
Les rend plus deuotieux.

L'vn ayde à dreſſer des lacs
Aux pieds d'vne ame abuſée,
L'autre la rend auiſée
Pour en deſtourner ſes pas.

L'vn en vous faiſant priſer,
Vous rend à Dieu meſpriſable,
Et l'autre vous rend priſable
En vous faiſant meſpriſer.

L'vn d'vn langage flatteur
Dit que pour vous on ſoupire,
L'autre vous donne l'empire
Du Ciel, & de ſon autheur.

L'vn fans vous rien proufiter
Vous apprefte vn long fupplice ,
Et l'autre en peu d'exercice
Vous fait dans les Cieux monter .

Las ! que ne proufitez vous
Au moins à noftre dommage ?
Si c'eft le propre du fage
De fe mirer fur les fous .

Les larmes de ce tableau
N'en efteignent point la flamme ,
Et le brafier qui m'enflamme
Brufle au milieu de mon eau .

Or que vous pouuez lauer
Voftre ame dans ces fontaines ,
Tafchez d'efuiter les peines
Que je ne peux efquiuer .

Blanchiffez dedans vos pleurs
Iufques à la moindre offence ,
Qu'vne feuere fentence
Purifie en fes ardeurs .

Pour vn Miroir trop aymé ,
Pour vn peu de complaifance ,
Ie brufle auec efperance
Dans ce brafier allumé .

S'il eftoit en mon pouuoir
De paffer en voftre place ,
Ie briferois voftre glace
Pour confulter ce Miroir .

MIROIR

DE LA VERITÉ.

Où l'Ame bien-heureuse faisant comparaison de Dieu auec vn
Miroir, montre la difference de ce Miroir sans macule
auec les fragiles Miroirs des ames vaines.

 Auie aux diuins attraits
D'vne beauté sans pareille,
Ie descouure en sa merueille
La verité de mes traits.

Plus je me mire en ses yeux
Où les Seraphins se mirent,
Plus mes yeux rauis s'admirent
Dans ce cristal glorieux.

Ce Miroir brillant d'amour,
Admire en moy son image,
Et dans son sacré visage
Le mien s'admire à son tour.

I'emprunte de son bel œil
La beauté qui me decore,
Comme le fin or se dore
Par les aspects du Soleil.

Rien n'est beau qu'en ce Miroir,
Hors de luy tout est difforme,
Sans luy je n'aurois la forme
Qui me rend si belle à voir.

S'il ne tournoit ses regards
Sur ma debile paupiere,
Mes yeux priuez de lumiere
N'auroyent n'y flammes, n'y dards.

Ses lys blanchissent mon teint,
Ses roses le vermeillonnent,
Et ses graces enuironnent
Les couleurs dont il me peint.

L'on ne peut voir vn seul trait
Dans les attraits de mon ame,
Qui ne fut digne de blasme,
Si son œil m'estoit souftrait.

Autant que pourra durer
Le vif esclat de ma glace,
Autant durera ma face
Sans fleftrir, où s'empirer.

Vn siecle, vne eternité
N'a point de prise sur elle,
Aussi demeure eternelle
Ma florissante beauté.

Car comme vn si beau cristal
N'est sujét à la rupture,
Aussi n'ay-je point de cure
Des assauts du trait fatal.

N'y les injures du temps,
N'y la pesante froidure,
Pourra nuire à la verdure
De mon amoureux printemps.

Car le Zephir gracieux
De ses deux leures jumelles.

Met toujours des fleurs noũuelles
Sur mon teint delicieux.

D'vne diuine chaleur
Ie me brufle en cette glace,
Sans que fon ardeur efface
N'y mes traits, n'y ma couleur.

Ainfi qu'vn miroir ardant
Mon cœur s'alume en fa flamme,
Et le Miroir qui m'enflamme
S'embrafe en me regardant.

Ie n'ay point d'autre penfer
Que de me rendre agreable
A ce Miroir admirable
Pour le bien recompenfer.

Rien ne chatouille mon cœur
Que le defir de luy plaire,
Pourueu que fon œil m'efclaire
Ie fuis pleine de bon-heur.

Car ce Miroir tant aymé
Qui m'a produitte & refaicte,
Rend vne ame autant parfaicte
Qu'il s'en void eftre eftimé.

Plus on à pour luy d'ardeurs,
Plus il embellit nos ames:
Si bien qu'y femant des flammes
L'on y moiffonne des fleurs.

Bien que d'vn atdant amour
Ie m'ayme jufqu'à l'extrefme,
Pourtant l'amour de moy-mefme
N'a point chez moy de fejour.

K

Car m'aymant au Createur,
I'ayme en aymant son image,
Plustot l'autheur de l'ouurage,
Que l'ouurage de l'autheur.

I'ayme en luy mile beautez
Iadis pour luy desdaignées,
Sans peur de rendre indignées
Ses amoureuses bontez.

Ses Anges me font la cour:
Mais pourtant la jalousie
N'entre point en fantasie
D'vn amant si plein d'amour.

Plustot se plait il de voir,
Que par les traits de sa gloire
I'acquierre autant de victoire
Qu'il m'en donne de pouuoir.

Car la chaste affection
Dont je me vois carressée,
Ne me glisse en la pensée
La moindre imperfection.

Tout est pur en nos amours,
Et cette flamme allumée
N'exale point de fumée
Qui fasse ombre à nos beaux jours.

Ainsi le soupçon banny
De cette ardeur innocente:
Ie veis heureuse & contente
Dans vn amour infiny.

Parmy de si doux plaisirs,
L'eternelle jouissance

N'auorte point la naiſſance
De mes amoureux deſirs .

Plus je contemple mon Dieu,
Plus ma prunelle rauie
Cherit l'objét de la vie
Qui m'anime en ce beau lieu.

Si mon cœur pouuoit bruſler
Comme vn phœnix en ſa flamme ,
Le doux braſier qui m'enflamme
Le feroit renouueller .

O douceur ! ô paſſe-temps !
O tant diuin exercice !
Qui n'a peur de la malice ,
N'y de la fuitte du temps.

Vous qui vous enflez d'orgueil
Pour vne fleur periſſable ,
Que la Parque inſatiable
Mettra bien-toſt au cercueil .

Apprenez à vous mirer
Dans cette amoureuſe glace ,
Où vous acquerrez la grace
Qui vous peut faire admirer .

A quoy vous amuſez vous
A chaſſer vn cœur volage,
Pouuant mettre à l'eſclauage
Vn ſi charitable eſpoux ?

Et quoy donc vous ignorez
Que voſtre beauté diuine
Peut eſchauffer la poitrine
Du Dieu que vous adorez ?

K ij

Vn seul regard de vostre œil,
Comme vne flesche acerée
Porte sa pointe asseurée
Dans le cœur de ce Soleil.

Vn cheueuil de vostre col
Le rend esclaue, & le lie,
Et si l'amour est folie,
Vostre amour l'a rendu fol.

Vn soupir humble, & feruent,
Poussé d'vne ame fidelle,
L'oblige à venir vers elle
Pour la visiter souuent.

Que si l'œil faisoit tomber
Seulement deux ou trois larmes,
Eust il dans la main les armes,
On l'y verroit succomber.

Las ! pour vn muguét frisé,
Pour vne teste esuentée,
Dieu qui vous à rachetée
Doit il estre mesprisé ?

Pour complaire à ce regnard
Qui ne cherche que sa proye,
Le temps au Miroir s'employe,
Sans qu'il soit jamais trop tard.

Mais pour plaire aux yeux diuins
D'vn amant si veritable,
Où le temps est peu sortable,
Où ces Miroirs sont trop fins.

Si vous cherchez vn moyen
Pour deuenir aussi belle,

Ie vous en donne vn fidelle
Sans qu'il vous en couste rien.

Ie n'ay jamais consulté
Ces faux tesmoins du visage,
Qu'en luy predisant l'orage
Qui ne peut estre esuité.

Ie ne poudrois mes cheueux
Que de poussiere, & de cendre,
Craignant qu'en voulant surprendre
Ie ne me prisse à mes nœuds.

I'esteignois dedans mes pleurs
Les feux folets de ma veue,
L'aymant mieux estre incognue
Que d'en offencer les cœurs.

Iamais d'vn soin criminel
Ie n'ay contrefait ma face,
Pour ne perdre ainsi la grace
De mon espoux eternel.

I'eusse mieux aymé mourir,
Que l'œil d'vn amant volage
Eust trouué dans mon visage
Quelque sujét de perir.

Ainsi foulant sous les pas
Les beautez de la nature,
I'ay rauy la creature,
Et Dieu mesme en mes appas.

Si vous desirez sur moy
Faire voftre apprentissage,
Consultez pendant voftre aage
Ce Miroir digne de foy.

FIN.

TABLE.

TABLE.

FIN.

EXTRAIT DV PRIVILEGE.

PAR LETTRES PATENTES DV ROY données à Sainct Germain en Laye le vingt-huictiesme jour de Iuillét, l'An de grace Mil six cens vingt-trois, & de nostre reigne le quatorsiesme. Signées PAR LE ROY EN SON CONSEIL, MASCLARY: & sceellées du grand sceau en cire jaune sur simple queuë, conformatiues à d'autres precedentes. Il est permis à Pierre Ballard Imprimeur de Musique de sa Majesté, d'imprimer, faire imprimer, vendre & distribuer toute sorte de Musique tant voccale, qu'instrumentale, de quelque Autheur que ce soit: Faisans deffences à tous autres Libraires & Imprimeurs de quelque condition & qualité qu'ils soyent, d'imprimer, faire imprimer, extraire partie d'icelle par quelque maniere que ce soit, ny mesme vendre ny distribuer en general ne particulier, les liures de Musique imprimés & à imprimer par ledit Ballard, sans son congé & permission, sur peine de confiscation desdits liures, despends, dommages, interêts & d'amande arbitraire, ainsi qu'il est plus amplement declaré esdittes lettres: n'onobstant toutes lettres impetrées ou à impetrer à ce contraires. Saditte Majesté veut sans autre signification ne formalité, l'extrait d'icelles mis au commencement, ou fin desdits liures, estre tenuës pour bien & deuëment signifiées à tous qu'il apartiendra.

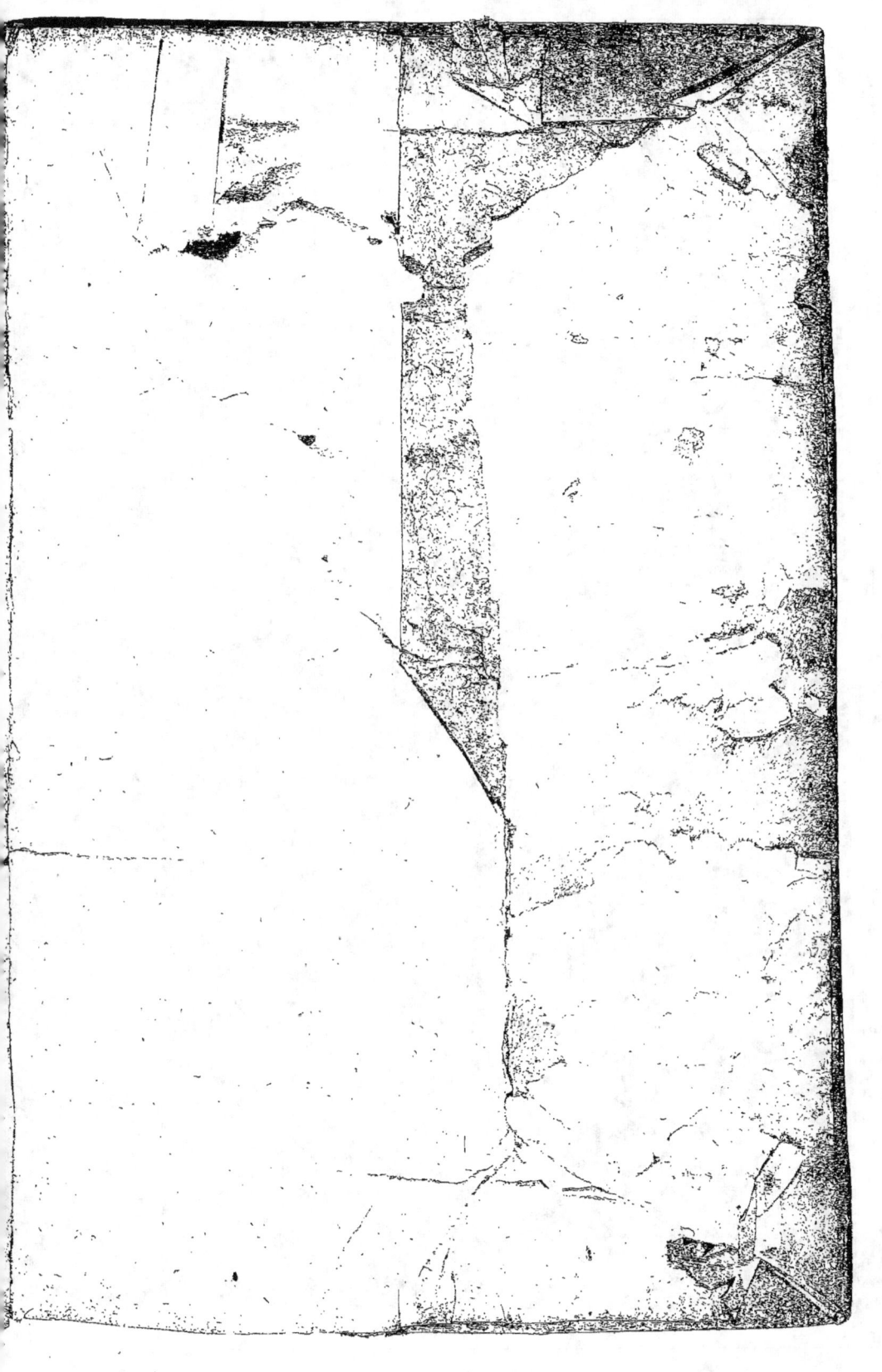

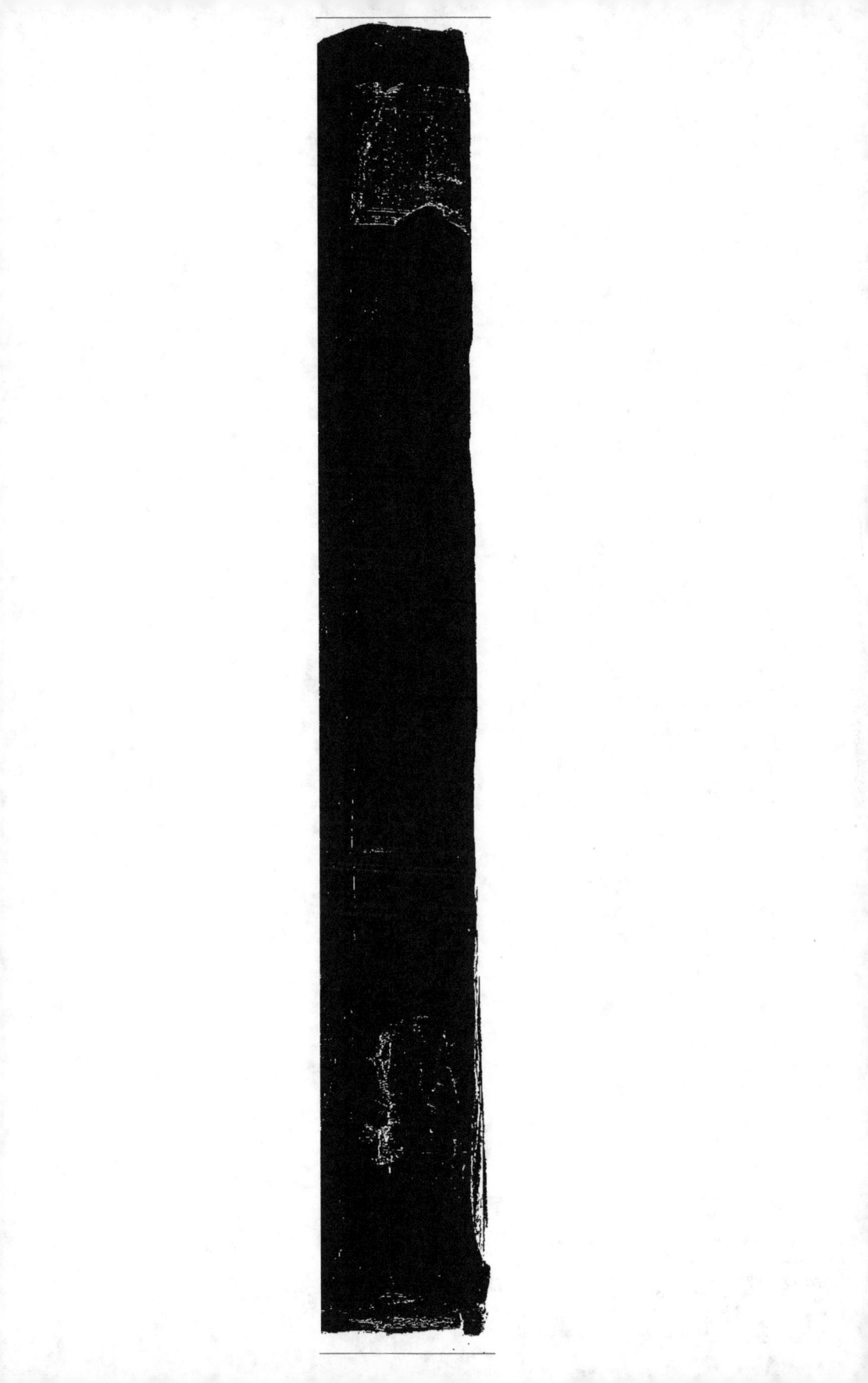

www.ingramcontent.com/pod-product-compliance
Lightning Source LLC
Chambersburg PA
CBHW071229260626
47162CB00004B/1481